DE LA MÊME AUTEURE

NOUS PARTIRONS, roman, Mercure de France, 2017

UNE DISPARITION, roman, Rivages, 2012

MES PETITES MORTS, roman, Flammarion, 2010

PARLE TOUT BAS

Elsa Fottorino

PARLE TOUT BAS

ROMAN

MERCVRE DE FRANCE

À mes enfants, à François...
À Delphine, mon amie de toujours
À Zouzou, évidemment

Il faut continuer, je ne peux pas continuer, il faut continuer, je vais donc continuer, il faut dire des mots, tant qu'il y en a, il faut les dire (...)

SAMUEL BECKETT,
L'Innommable

Je vais vous parler de l'horreur. L'horreur banale, anonyme, qui nous cueille sur le sentier de l'ordinaire et nous rend à lui sans laisser de traces. Parfois elle ne rend rien. Je fais partie de celles qui ont eu de la chance, celles qui ont été remises à leur place initiale sans que personne ne constate l'effraction. Sinon peut-être un léger décalage par rapport à la position d'origine, un déséquilibre tout juste perceptible provoqué par ce déplacement. Mais rien qui indiquerait de rupture avec une version précédente de soi. J'ai conservé mes airs trompeurs de fille à papa, j'ai laissé sans trop m'en préoccuper régner ce malentendu et j'ai continué à imiter encore longtemps cette image-là, accessoire, de moi-même. Et qui devait me rendre par contagion, à mon tour, accessoire.

Certaines ne se remettent jamais. Je le sais car je les ai entendues à la radio ou à la télévision dire : « De cela, on ne peut pas guérir. »

J'ai encore en tête la phrase de l'avocate générale dans son réquisitoire : « un meurtre de l'âme ». C'est en cherchant les coupures de presse que je suis tombée sur cette phrase. Elle m'a paru juste mais je ne suis pas sûre de bien la comprendre.

Je n'ai mal nulle part. Aucun symptôme. Je peux même tout raconter comme ça, d'une traite, sans émotion. Pourtant, j'ai bien eu peur un jour, dans la gangue de la forêt, au milieu des pierres, des injures et du bois mouillé.

On disait que j'allais bien. Je le disais à mon tour pour ne pas décevoir. Et aussi, je crois, parce que c'était vrai.

De toute façon, je ne me sentais pas malade. Peut-être l'étais-je, mais alors tel un malade qui s'ignore. À un certain stade, les maladies de l'esprit sont impossibles à défaire. J'y avais échappé.

À moins que l'absence de symptômes ne soit l'œuvre d'un mal insidieux et clandestin. Avec ces choses-là, on peut tout renverser en son contraire. Même les mots. Il y a ceux que l'on enroule, vélo, volé, lové ; ceux que l'on conjure, peur, pure et repu ; les prénoms qui se retournent en paysages, Mila, Mali, Lima.

Mais le seul qui puisse décrire *ça* ne permet aucun travestissement. On ne peut en faire l'économie. Ses quatre lettres échouent à former d'autres combinaisons. Au mieux, on peut l'amputer d'un caractère. Cela donne : vil. Ou vol. Ou loi.

Aujourd'hui, je ne peux pas le dire dans sa totalité. L'écrire encore moins. C'est devenu pour moi, l'innommable. Peut-être la seule anomalie qui en découle.

Je vais bien, donc. Puis, il y a appel.

C'est un vingt-deux mars vers dix heures du matin, le deuxième matin du printemps. J'approche ma main, je coupe le son. Inconnu. Je passe mon tour. Inconnu, pas pour moi. J'ai toujours entendu, les inconnus c'est « non ». Encore faut-il savoir le dire. Quand on ne peut pas, il existe d'autres moyens. Le chemin le plus simple vers le « non » n'est pas toujours le mot lui-même.

Dans les récits fantasmés des parents, il est parfois question de bonbons. D'un inconnu à bonbons. On installe cette peur-là dans l'esprit des enfants. Les parents aussi ont leurs contes maléfiques.

L'inconnu insiste. Je l'expédie sur ma messagerie, pas ma voix, une boîte vocale automatique, je prends toutes sortes de précautions. Je pense à un démarcheur. Et puis je ne pense plus à rien. Il n'y a rien à penser d'ailleurs. Des matins comme ça. Des saisons intermédiaires où rien ne vient. On attend quelque chose. Le retour du printemps par exemple. Toujours très attendu. On le guette, il finit par nous prendre de court. Répondeur. Une femme.

Capitaine Lepic. Dix-septième arrondissement. Une convocation à récupérer. La cour d'assises de Pontoise. Le mois d'avril. Je ne connais pas de capitaine Lepic ni de Pontoise. Sans raison, j'ai cherché « Pontoise » et j'ai lu « au confluent de la Viosne et de l'Oise ». J'imagine une petite ville replète. Sa gare, ses ruelles, ses commerces. Les places pavées et l'église de Pontoise. Les jurés, les assesseurs, la présidente, l'avocat général, les onze autres filles. Certaines ont changé de nom. Certaines n'étaient plus joignables pendant des années. On m'a dit « il n'y a plus que vous ». J'ai cru que c'était vrai. Que j'étais seule. J'ai cru aux fantômes. Et puis le nom des onze autres est apparu. En toutes lettres sur le papier. Celui de Tiphaine Bonin, je l'ai tout de suite reconnu. Je l'avais déjà entendu au cours de mes multiples auditions avec le capitaine Mentalo. J'en parlerai plus tard si j'en ai le courage.

Onze, c'est beaucoup. Douze avec moi. Une douzaine. Chiffre plein. C'est nous. La petite marchandise de la cour d'assises. Plus facile à conditionner.

Je tente une sortie de l'hiver. Avenue Trudaine dans un sens, square d'Anvers, lycée Jacques-Decour, place Ventura. Escale au magasin de jouets. Je suis la seule cliente de la boutique. L'heure des enfants n'est pas encore arrivée. Pourquoi pas un tambour. Je l'attrape des deux mains. Elles tremblent et je suis certaine que si je parle, ma voix se mettra à trembler elle aussi. Les tremblements gagnent le reste de mon corps, des secousses à retardement qui traversent la décennie pour bouleverser mes gestes alors que quatorze ans plus tôt, dans la forêt, j'avais été d'une immobilité souveraine. Une femme-tronc.

« Tout va bien madame ? » Je paye le tambour, la vendeuse le glisse dans un sac un peu gros. Avenue Trudaine dans l'autre sens, changement de trottoir. Côté impair. Je n'avais pas prêté attention plus tôt au Sacré-Cœur à découvert au travers des branches nues. La basilique paraît, sous ce ciel brouillé, plus blanche que grise. C'est grâce au travertin, cette roche qui prend de l'éclat avec l'âge, que la pluie ne s'infiltre pas. On distingue quelques bourgeons sur les platanes. La sève montée dans les arbres peut provoquer des dérangements d'ordre sexuel chez certains hommes, il paraît. Ce sont des policiers qui l'ont dit à une amie de quinze ans dans les années quatre-vingt.

Je m'arrête devant la vitrine d'un magasin de vêtements. Pour anticiper l'après. Quand ma silhouette aura retrouvé sa forme naturelle. Je n'entre pas à cause de mon sac un peu gros. J'ai toujours été maladroite. Avec mon ventre j'ai besoin de place pour circuler. Un enfant est sur le point d'apparaître. C'est un garçon. Quand on m'a annoncé son sexe, j'ai songé « un garçon, c'est bien. Il sera en sécurité», c'est venu tout seul, je n'ai pas pu l'empêcher. Il paraît que ce n'est pas bien d'avoir ce genre de pensées, il faudrait ne pas se préoccuper du sexe, un garçon, une fille, cela ne fait pas de différence, exit le rose d'un côté, le bleu de l'autre, il n'est pas né, j'ai déjà tout faux. Sauf sur un point. Pour lui, il est préférable que je ne me rende pas à ce procès. Cette réflexion m'a traversée comme un éclair devant cette vitrine. Je n'irai pas. Je suis rentrée d'un pas plus léger avec ma pensée comme un ballon au bout d'un fil.

Le soir, la douleur est là. Tout en longueur, étirée dans ma jambe. Arrivée juste avant la nuit, à pas de velours. Impossible de trouver le sommeil. J'ai d'abord envisagé un problème de position. Je fais quelques pas pour vérifier que je peux encore marcher. J'éprouve une sensation étrange. Comme si ma jambe se dérobait dans le sol. Mais je parviens à gagner la pièce voisine. Beaucoup de choses que je peux faire : rappeler la dame du répondeur, fixer un rendez-vous, attendre le jour du rendez-vous, laisser la confusion s'installer un peu partout, dans mon corps, mon esprit surtout, mon appartement, se répandre dans le regard immense de ma fille, commander un taxi avec la trace obsédante de ce regard.

Cette zone du dos m'est fragile depuis l'enfance. Mon kinésithérapeute me fait souvent observer que je me tiens légèrement voûtée. Un jour, d'un geste, il a redressé mes épaules et souligné de sa voix douce, « c'est rassurant pour un enfant d'avoir une maman alignée ». Ce mot, « alignée », m'est resté.

Depuis, quand je me tiens face à ma fille, je m'applique à détacher des unités de conscience dans la région dorsale. C'est comme enfiler un déguisement. Par un simple roulement d'épaules, je me glisse dans un personnage auquel je m'efforce de correspondre, avec plus ou moins de succès. Toujours est-il que cette douleur en embuscade aurait dû m'alerter.

Je n'ai pas pris la peine de me maquiller ce matin. Habitude que je perds en avançant dans l'âge, alors que cela devrait être le contraire. Il est surtout question d'éliminer tous les gestes superflus. Comme me tenir debout devant un miroir. Adieu les miroirs et les yeux cernés. J'ai entendu : « Ça ira mieux quand le bébé sera sorti. » Il faudrait que les gens arrêtent de donner leur avis. Pouvoir leur dire « ce que vous pensez ne m'intéresse pas ». Oui, ça c'est bien. Ce n'est pas pour les filles dociles comme moi. Trop bien élevée. Tout ce qu'on imagine d'une fille docile. Tout sauf cette phrase dans sa bouche.

Je présente ma carte d'identité aux deux sentinelles en uniforme qui se tiennent devant l'entrée du commissariat du dix-septième arrondissement. Les gars jettent un rapide coup d'œil et s'écartent pour me laisser passer. L'homme derrière la vitre de l'accueil passe un coup de fil pour m'annoncer. J'identifie tout de suite la femme du répondeur lorsqu'elle apparaît. Échange cordial et formel, la plupart des policiers que j'ai croisés possèdent un talent singulier pour maquiller leurs émotions avec les traits de l'indifférence sans paraître malpolis pour autant. Ils connaissent les principes de la distance raisonnable. Comme les médecins.

Certains sont parfois très dégradés. Sûrement qu'ils n'ont pas réussi à la tenir, la distance. Comme ce psychocriminologue qui m'auditionnait quatre ans plus tôt dans la salle exiguë du commissariat de la rue Chauchat, juste derrière l'hôtel Drouot. C'est moi qui lui avais donné rendez-vous ici. Pour des raisons pratiques. Je l'avais rejoint à l'heure de ma pause déjeuner. L'entrée se faisait dans un demi sous-sol, on descendait quelques marches et on tombait sous la lumière jaune de l'accueil. On m'avait dirigée vers une petite pièce rectangulaire, avec une fenêtre au vitrage opaque qui semblait donner sur un bloc de béton surélevé, un interstice entre deux immeubles. Un homme de taille moyenne m'attendait. Jean, chemise sombre, yeux creusés. Couperose, tabac. Et un regard qui ne s'étonne plus de rien, ni de la violence, ni de ses auteurs. J'ai retenu cette phrase d'un expert psychiatre : « On a besoin que le coupable porte le visage du mal quand il porte celui de l'ordinaire. » On peut tout imaginer derrière un visage. Même l'impensable. Dans leur métier, ils savent ça. Il faut pouvoir le supporter.

Ma perception s'était à son tour déplacée dans un monde défini par de nouveaux axiomes, dictés en grande partie par la crainte et les soupçons. Les policiers évoluaient-ils eux aussi dans ce royaume du danger imminent ?

Je m'étais assise sur une chaise noire en PVC au dossier molletonné – détail insignifiant qui a survécu pour une raison que j'ignore – et j'avais répondu sans plus de formalités aux questions d'usage. D'abord, mes coordonnées. Ça commençait toujours pareil. Nom, âge, adresse, profession. Puis, il m'avait tendu plusieurs planches de photos. Encore des inconnus. Tellement de photos offertes à mon jugement cette dernière décennie. Je savais tout de suite. Au premier coup d'œil. Il n'y était pas. Jamais. Je secouais la tête par la négative avec un certain fatalisme et je rendais le document. Cela se finissait toujours ainsi. Comme cela avait commencé, d'ailleurs. Par le fatalisme. Quand je me suis engagée sur le mauvais chemin parce qu'il n'y avait rien d'autre à faire.

« Vous êtes sûre de n'avoir rien remarqué ? » « Sûre. » J'ai relevé la tête. « J'aurais dû remarquer quelque chose ? » « Je ne peux rien vous dire. » « Vous avez une piste sérieuse ? » Il refusait de me donner une réponse précise, je n'obtenais jamais rien de concret, les enquêteurs avaient sûrement peur de donner de l'espoir mais la peur et l'espoir n'ont jamais fait bon ménage, c'était soit l'un, soit l'autre, il fallait choisir. J'ai dit que je n'espérais rien. Il a seulement répondu ces paroles sibyllines : « Très bien. » J'avais peur surtout. Du dénouement. Mon amie de quinze ans dans les années quatre-vingt m'a dit ça aussi. Qu'elle n'aurait pas supporté non plus un dénouement.

Il prit ma déposition en répétant ce qu'il écrivait à voix haute, tous le faisaient, je m'étais habituée avec le temps à ce procédé, la traduction de mes pensées à l'oral dans un langage télégraphique pour éviter toute ambiguïté, tout contresens, comme si la pauvreté du style devait faire émerger une certaine vérité. Avant de me voir franchir la porte, il me lança comme dans un film : « Vous vous en êtes bien sortie. » Que voulait-il dire au juste ? Que j'aurais pu être morte ? Comme d'autres peut-être. Ou que je m'étais bien remise. J'avais un travail et je me tenais encore debout, un miracle.

Le capitaine Lepic est déjà en haut des marches. J'ai cherché quelques instants plus tôt à la retenir mais elle n'a pas entendu ma voix. Ah. La voilà qui redescend du premier étage. « Les escaliers, je ne peux plus. » Elle se dirige vers l'ascenseur, je me traîne à sa suite. « J'ai connu ça moi aussi. Mais quand le bébé s'est retourné, plus de douleur, plus rien. » Je lui souris comme je peux. Il me reste quelques réserves de courtoisie pour les cas d'urgence. Elle tape un code qui met l'ascenseur en branle, il fait un bruit de carlingue épouvantable, j'ai l'impression de partir pour la mission Apollo, on est sacrément secouées là-dedans, je comprends pourquoi elle lui préférait l'escalier. Je la suis jusqu'à son bureau, pareil à tous les autres bureaux des commissariats que j'avais fréquentés pour des raisons semblables, l'obscurité, les néons, les dossiers débordant des étagères malgré le semblant d'ordre. Elle me remet un papier sorti du télécopieur, cela fait longtemps que je n'ai pas vu pareille machine, mais dans les administrations publiques, peu de choses me surprennent encore. Ces endroits ont pour moi rejoint l'univers de la fiction. Il doit exister sur le seuil un protocole de déformation invisible qui affecte les gestes, les êtres, les raisonnements et les objets. Tout ce que je peux dire, faire, penser dans ces lieux me paraît toujours irréel.

Elle me tend la convocation. La plupart des caractères sont effacés. Sûrement à cause de sa machine hors d'âge.

L'AN DEUX MILLE DIX-NEUF ET LE ...
À LA DEMANDE DU PROCUREUR GÉNÉRAL

Monsieur le Procureur de la République près le tribunal de Grande instance de Pa... élisant domicile...

M. ..., Huissier de justice, Audiencier près la Cour... donne citation à Mme F

à comparaître en personne en votre qualité de témoin à l'audience de cour d'Assises qui se tiendra devant..., Nouvelle Cité Judiciaire...

Je relis tout haut : « en personne en votre qualité de témoin ».

« Vous pouvez encore changer d'avis.

— Changer d'avis ? De toute façon, je ne pourrai pas me déplacer.

— Rassurez-vous, j'ai déjà prévenu le greffe. Ne tardez pas à les contacter. »

Elle saisit le document de mes mains. « Voyez ici, vous avez toutes les coordonnées. » Ces informations sont illisibles. Elle repasse tout à l'encre bleue et me rend le papier.

« Si vous décidez de vous constituer partie civile, faites-le vite. Le greffe a insisté, réfléchissez-y bien. Il ne reste plus beaucoup de temps. » J'ai déjà entendu cette phrase, rangée dans un vieux dossier de la mémoire. Prononcée par la juge d'instruction du tribunal de Pontoise. Et voilà que Pontoise refait surface sur la plaine du Vexin. J'avais oublié Pontoise, comme tant d'autres choses. Puis c'est revenu, la pente légère pour monter vers le centre, puis redescendre vers le tribunal. Nouvelle cité judiciaire, 3, rue Victor-Hugo, c'est écrit sur le document. Les immenses parois vitrées du tribunal. Les collines au-dehors. Je n'avais pas dû emprunter le chemin le plus court. Je m'étais arrêtée dans une boulangerie, sur la place de l'église. J'avais acheté un palmier. Et je l'avais mangé dans le train du retour. Le temps nuageux. Le paysage à travers le train, c'était le brouillard harmonique, les sons, les couleurs mélangés. Et cette question en forme de ville revenue me hanter. À cause du mot « témoin ». Qu'on aurait pu remplacer par « rien ». « En qualité de *rien.* » Autant le dire. Ma voix perdue vers les étages, remontée dans les spirales en colimaçon des commissariats. Remontée vers le silence. Mon silence, comme une entente secrète avec celui qui le réclame. L'accusé dans son box. Cette idée-là m'est insoutenable. Facile à chasser. À portée d'un coup de téléphone.

Pendant le trajet du retour, je parcours le document. Il mentionne mon ancienne adresse. Avenue de Clichy. Ils n'ont trouvé personne de ce nom-là, dans l'ancien relais de poste au troisième étage de l'immeuble sur cour. C'est pour cela qu'il a atterri au commissariat du dix-septième arrondissement. Si j'avais changé de numéro, il aurait pu ne jamais me parvenir. Et je n'aurais rien su du procès.

Les chefs d'accusation, je savais que je les lirais. Que je ne pourrais pas m'en empêcher. Ils sont énumérés tout en bas de la page, en lettres capitales. Je m'arrête sur le dernier : « DÉTENTION ARBITRAIRE SUIVIE D'UNE LIBÉRATION AVANT LE 7e JOUR ». Je vois : une voiture blanche de type Clio qui sillonne la banlieue et un bras qui rafle les gamines sur le trottoir des vacances. Pour moi, c'est ça cette phrase.

Le capitaine Mentalo avait évoqué à l'époque cette histoire de partie civile. C'est le tout premier policier que j'avais rencontré. La quarantaine grisonnante. Ses joues creuses, sa voix perchée et son air enfantin. Des jambes maigres et arquées. Une grande carte de France accrochée dans son bureau. Elle était vierge. Aucune punaise ou tracé en couleur indiquant l'avancement d'une enquête en cours, comme on voit parfois dans les films.

Il n'avait pas tellement insisté. Il n'était pas dupe. Il savait que l'enquête serait longue. J'avais tout le temps de me décider. Peut-être même toute la vie. On ne pouvait pas prévoir ces choses-là. Elles pouvaient s'emballer très vite, comme rester de longues années en sommeil. « On retrouve les coupables le plus souvent par hasard », m'avait-il confié. Parfois, sur un quai de gare. Il m'avait raconté la résolution d'une affaire sur celui du RER A. Chatou, Rueil ou Le Vésinet. Toujours le même coin. Une fille avait reconnu un homme. La police était arrivée et l'avait arrêté. « Sans cela, on n'avait aucune chance. »

Le récit de cette capture miracle était si lacunaire qu'il ne cessait de m'intriguer. La police était-elle arrivée à temps avant le départ du train ? Comment cette femme avait-elle fait pour ne pas se faire repérer, ne pas céder à la panique ? Comment avait-elle retenu le coupable sur le quai ? Avait-elle tiré la sonnette d'alarme depuis le train dans lequel elle se trouvait ? Appliqué à mon histoire, ce scénario me paraissait impensable. Je ne trouvais pas la clé. J'ai pourtant longtemps scruté les quais de gare. Puis j'ai cessé. Pas par découragement. À poser son regard partout on finit par faire de mauvaises rencontres.

Le hasard était le seul point sur lequel Mentalo avait vu juste.

Douze ans plus tard, j'étais reçue à la police judiciaire de Nanterre par un individu du même genre que le psycho-criminologue de la rue Chauchat. Avec un blouson en cuir au col relevé. Il m'avait conduite par l'escalier dans un grand bureau avant de disparaître. Une sorte d'agent de passage. Mes interlocuteurs changeaient constamment. Une dame blonde très dynamique connue sous le nom de Mortier, capitaine Mortier plus exactement, et un monsieur que je n'avais jamais vu non plus m'attendaient. Elle avait prononcé le mot « primitif ». Douze ans de traque et d'investigations poussées. Ils se félicitaient de leur prise. « On ne lâche pas une affaire comme ça. » Puis ils avaient remis ça, question partie civile. Pour en parler, ils s'étaient tournés vers ma sœur aînée qui m'accompagnait souvent et savait imposer le respect au premier regard. Pas vers moi. On avait fait comme si je n'étais pas là. Pas responsable. Pas apte. Je n'ai pas aimé. Après coup, j'ai pensé que ce n'était peut-être pas si simple de me parler, de savoir comment regarder une fille comme moi, quand on a ces choses-là à lui dire. Ces choses-là : « Tourner la page », « obtenir réparation », « aller de l'avant ». La pensée magique, on ne pouvait pas y couper, elle était partout. J'ai dit à ma sœur : « N'importe quoi. » On lui a remis un prospectus de couleur jaune pâle avec les coordonnées d'un centre juridique où je pourrais « obtenir des réponses à mes questions ». « Je n'ai pas de question », j'ai dit et nous sommes parties.

Ils ont parlé d'argent. Je n'en voulais pas. La douleur, je ne pouvais pas la quantifier. Je ne savais même pas si elle existait, ni sous quelle forme. C'était le vide dans la matière. Un fluide impalpable pris dans le vortex des émotions. Elle s'était installée à bas bruit, avec la complicité de mon entourage. Personne ne s'est douté de rien, à tel point que j'ai fini par douter moi-même de la réalité de ce rien. De toute façon, je n'en voulais pas de cet argent. Je n'aurais pas su quoi en faire. « Vingt mille euros, c'est intéressant », m'avait dit le capitaine Mortier. Je devrais y réfléchir à deux fois. Non merci, sans façons, pas intéressée.

La juge d'instruction portait le coup de grâce. « Vous allez être contactée pour une expertise psychologique. » Il était question d'établir les séquelles. À tous les échelons de mon existence.

J'ai reçu un premier message. Puis un deuxième. J'ai écouté les deux coup sur coup des semaines plus tard. C'était elle. L'experte. Dans le premier, elle reportait le rendez-vous puisque son courrier était resté sans réponse. Dans le second, elle disait m'attendre et se demandait si je m'étais égarée dans les étages.

Je n'ai pas rappelé. On ne m'aurait jamais fait dire que là où il y avait de la souffrance, il y avait mes dix-neuf ans. Je la voyais d'ici écrire dans son rapport « conséquences nulles ». Zéro. J'entendais encore cette phrase : « Vous vous en êtes bien sortie. » Au lieu ce ça, elle a laissé une note dans le dossier. « N'a pas donné suite aux sollicitations. »

J'avais laissé la fin de l'instruction se dérouler sans moi. Logiquement, on ne devrait plus me contacter. Ma décision était prise. Pas besoin de m'engager plus avant dans cette histoire. J'avais fait le travail. Aidé la police à le coincer. Il était temps de me retirer à pas de loup.

Ce que je voulais moi, c'était profiter d'un rayon oblique sur le bois blond, respirer l'air mouillé des jardins d'automne, monter dans les trains qui filent droit vers l'océan, contempler le retour sur terre de la capsule Soyouz comme un pollen dansant dans l'immensité du ciel au-dessus des steppes du Kazakhstan, admirer le revers lifté de Rafael Nadal, babiller avec mon bébé, écrire des cartes postales, me lover au creux des nuits et courir encore après les métros pour ne pas être en retard au travail.

J'appelle cette jeune femme, plus jeune que moi je crois, je le devine à sa voix. Elle est d'accord pour me représenter au procès.

Et ça continue, la douleur. J'ai mal au point de gémir et je déteste gémir encore plus que d'avoir mal. Passé un certain seuil, la douleur, rien ne peut vous en distraire. Vous y êtes subordonné. Vous lui parlez ou quand vous parlez aux autres, c'est pour la duper. Lui faire croire qu'elle ne vous atteint pas. Qu'elle n'est que de passage, qu'elle ne va pas rester. Je me vois glisser lentement vers la communauté de ceux qui ont mal, ceux qui ont la vision déformée par ce mal. Ils se reconnaissent entre eux, cherchent parfois des solidarités impuissantes à produire un soulagement.

Pour la première fois depuis le début de l'histoire, je peux dire « j'ai mal » et je sais précisément où. Je suis en mesure de décrire le trajet de la douleur qui m'a prise en traître, de dos, des vertèbres lombaires à la pointe du pied. Je suis prête à le dire à tout le monde, à crier partout que j'ai mal.

Au lieu de ça, un désert s'est formé. Et ce ventre immense sorti de moi. On ne peut pas me soulager sans nuire à l'enfant, je comprends, je supporterai, j'ai déjà supporté, cela relève du possible. L'attente, la douleur, c'est pareil.

La nuit, il y a les documentaires à la télévision. On peut tomber sur le visage de Grace Kelly, blonde diaphane sur fond Technicolor, les éléphants du Kerala, les symphonies de Brahms retransmises depuis le Musikverein de Vienne, le Grand Canyon et toutes sortes d'images bien plus acceptables que le tout-venant des programmes du jour.

Il fait noir. Un noir complet. Pas un reflet, un éclat, une incidence lumineuse. Le silence, lui, n'est pas total. De l'autre côté de la cloison, un enfant tousse. Le médecin lui demande de tousser encore. Je ferme les yeux et je m'abandonne à l'épuisement. Plus tard, j'entends ses pas rejoindre le couloir et s'approcher de la pièce où je suis couchée. Il n'y a plus d'autre bruit que ce pas. Elle entre doucement, la lumière entre avec elle. Délicatement, elle ôte les aiguilles plantées en bas du dos, sur le pied, le sternum. Je lui dis ma résignation, elle me rassure, ça passera. Je m'assois péniblement. Ma jambe est tétanisée. « Ça passera », je répète. Elle m'explique que les aiguilles libèrent les antalgiques secrétés par le corps. Adrénaline, endorphine, enképhaline, dopamine. Plus puissant que la morphine.

Elle produit un certificat qui me dispense de me rendre aux assises.

Un jour, je dirai : « La douleur, j'en suis revenue. »

Je découvre, extraite du dossier, la photo de ce grand réservoir blanc, semblable à un insecte dressé au milieu d'un terrain vague. La première fois qu'on me propose autre chose que des visages. Un détail massif du paysage sur une grande table vernie d'un bureau du boulevard Saint-Germain. Une large cuve soutenue par des piliers en béton. Des courants d'air partout.

« Vous reconnaissez ?

— Oui. » Je la reconnais bien, la mort pour laquelle j'étais programmée, entrée dans le champ du visible. Un réservoir immobile. Un mur et des maisons si proches. Je m'attarde sur cette proximité des maisons. « Vous l'aviez souligné à l'époque. » Mieux vaut arrêter là ce petit jeu de piste. « Encore un effort. » Il faut parer à toutes les éventualités. Les questions de la défense. Les tentatives de déstabilisation. « C'est parfois éprouvant pour les parties civiles. Mais rappelez-vous, ce n'est pas votre procès. »

Deux autres photos me sont présentées. Des photocopies, en noir et blanc ou alors dans des teintes décolorées, très floues. Je ne distingue pas bien les contours. De toute façon, ce jour-là était sans éclat, sans contraste, dilué dans le blême de la saison. « Il pleuvait. » On me rappelle que les photos ont été prises une semaine après les faits. Que l'enquête a été réalisée en dépit du bon sens. Je ne cache pas ma surprise : je pensais jusque-là que tout avait eu lieu le jour même. Qu'avais-je fait de ce temps miraculeusement contracté dans mon esprit ? À quoi avais-je occupé mes journées ?

Ce qui était certain, c'est que j'avais regagné Paris. Le foyer qui se dressait à l'angle de la rue du Docteur-Blanche et de la rue de l'Assomption. Ce bâtiment immense, élevé pour une noble cause, l'accès des jeunes filles de province au concours des grandes écoles supérieures. Un manifeste de l'art moderne, couloirs en coursive, hublots, balcons arrondis, grands espaces géométriques, à la mesure des ambitions de ces jeunes femmes, que l'avenir dirait polytechniciennes, normaliennes, énarques, politiciennes, élites intellectuelles, à la mesure de celles que j'avais perdues, entre un dédale de couloirs et de hauts murs fuselés. Il restait la vie dans son objectivité. Dépourvue de charme, de poésie, de ce regard que je croyais avoir conquis sur elle de haute lutte, qui retrouvait le régime de l'habitude, de l'usuel, sans plus d'éclat. Tout rentrait dans l'ordre, en somme. En cherchant un peu dans mes archives personnelles, j'ai retrouvé une photo de classe de cette époque, miraculeusement conservée. Elle était datée du quatorze février. Éphéméride du quatorze février 2005. L'ancien

Premier ministre Rafic Hariri tué dans un attentat commis en plein Beyrouth. Manille meurtrie par trois attentats à la bombe. Le centenaire de la loi de séparation de l'Église et de l'État célébré sous la coupole de l'Institut de France. Les New-Yorkais sceptiques face à l'installation de Jeanne-Claude et Christo à Central Park. Les 7 500 portes drapées de safran qui serpentent à travers le poumon vert de Manhattan provoquent des réactions mitigées. Révision à la baisse des chiffres de croissance de l'Italie par le FMI. Plus de 30 000 sinistrés suite aux pluies torrentielles en Colombie et au Venezuela. Un lundi comme un autre dans la vaste marche du monde. Et moi, en haut à gauche de l'image. Debout sur un banc, pas si mal sur mon banc après tout. Loin de ce grand vacarme. On notera simplement, l'absence de sourire.

Je dois à présent examiner un cliché qui révèle un chemin sinueux à visibilité réduite dans la forêt. Un virage le précède. Le décor est sombre et inhospitalier. Je me rappelle être pressée de rentrer. Objectif linéaire, pédaler très vite. Autrefois, j'ai pu donner une autre version mais ce point-là n'a pas d'importance. « Aurait-il pu vous voir de loin entre les arbres ?

— Je suppose que non.

— Une dernière question. Je suis obligée de vous la poser : comment se fait-il que vous n'ayez pas pu vous enfuir alors que vous étiez à vélo ?

— Oui, dis-je, cette question... » Au lieu de freiner, j'accélère de plus belle et il s'écarte pour me laisser passer.

Au lieu de l'hiver, c'est l'été et les sentiers sont peuplés de promeneurs. Au lieu d'avoir dix-neuf ans, j'en ai trente et un, personne ne s'attaquerait à une mère de famille de trente et un ans. Au lieu d'être à vélo, je suis à pied et je peux jouer à cache-cache derrière les arbres.

M'enfuir, bien sûr, si seulement j'en avais eu le cran.

Jusque-là, j'avais évité de me tourner vers le passé. Je lui préférais le mouvement naturel des jours qui avancent vers l'horizon le plus répandu, le plus regardé aussi, bien large, de face sur grand écran, le film de nos vies. L'horizon, il est rarement sous nos pieds. On peut toujours creuser. Le passé, on n'y a plus accès. Il nous entraîne vers l'humidité d'une cave, des photos gondolées, le parfum de saisons démodées. Tout ce que j'ai découvert, c'est une carte de lycée en carton rose, légèrement déchirée sur un des côtés, avec ma photo d'identité en noir et blanc tamponnée du cachet de l'établissement que je fréquentais alors. Je portais les cheveux très longs à l'époque, un sweat, un air de tous les jours. Il est écrit au-dessus de la photo : « Carte d'étudiant en classe préparatoire aux grandes écoles ». Année scolaire 2004-2005. Classe HK1. Il y avait aussi mon nom, une date, Paris le 23-09-04. Je n'ai pas pu m'empêcher de faire le calcul. Il me restait un peu moins de cinq mois. Pas d'adresse. Je vivais peut-être encore dans cette chambre de bonne rue Claude-Bernard que j'ai occupée seulement quelques semaines. Ou étais-je déjà installée dans cet appartement provisoire du quatorzième arrondissement ? L'adresse exacte m'échappe. Il était vraisemblablement rue Maurice-Ripoche mais je ne me revois pas dire « j'habite rue Maurice-Ripoche » et pousser la porte d'un immeuble dans une rue qui porterait ce nom. Tout ce dont je me souviens, c'est d'un bâtiment récent dont le rez-de-chaussée était occupé par une grande enseigne bon marché. Du bus 58 Vanves – Lycée Michelet – Châtelet, et de mon trajet, Pernety – Odéon que j'ai dû faire pendant deux mois tout au plus, avant d'emménager dans cet immense foyer de la rue du Docteur-Blanche. Il y avait tout cela dans cette carte. Pour le reste, elle était muette. Cette fille, sur cette photo, qui saurait la reconnaître ? Ceux qui l'avaient connue au pensionnat de La Rochelle ? Ses anciennes camarades de chambre ?

Le pensionnat, elle l'avait plutôt bien supporté. C'était idiot que les choses aient mal tourné au foyer. Rester, elle aurait pu le faire comme les cinq cents autres qui vivaient là, qu'est-ce que ça lui aurait coûté de plus ? Au fond, tout le monde avait envie de partir, tout le monde s'en arrangeait. Il y avait des pianos sur lesquels jouer, un parc, une bibliothèque. Tout près, les jardins du Ranelagh, le square Henry-Bataille, le lac du bois de Boulogne, les barques, les coureurs, quelle idée d'aller s'enfoncer dans la forêt de Saint-Germain-en-Laye.

Il m'arrive de frôler le secteur comme on revient sur une scène de crime. Par exemple au chalet des îles. Un chalet suisse posé sur une modeste langue de terre qu'on rejoint par une brève « traversée ». L'embarcadère, tout au bord du lac, est situé sur le chemin de ceinture, derrière la porte de la Muette. Je m'y rends souvent à la belle saison pour un dépaysement bucolique et bon marché. J'allais courir ici parfois. Je ne reconnais rien. Tout me paraît changé. C'est mon regard surtout. Rien à voir avec le tableau sinistre noyé dans les eaux saumâtres de l'hiver, associé à cette période de ma vie.

J'ai composé le numéro inscrit sur la carte rose. Je me demande si le bureau de la vie scolaire est toujours situé dans une petite pièce à l'étage, si l'entrée est toujours recouverte de mosaïques, si les portes sont toujours recouvertes d'une peinture orangée, s'il y a toujours des murs crème et des sols en damier. J'avais observé ces détails un jour que j'avais fait le voyage spécialement de La Rochelle. Le lycée avait ouvert ses portes aux élèves de l'extérieur peu avant les vacances de Pâques. Ils étaient venus nombreux, ils posaient toutes sortes de questions, les parents surtout. Je m'étais présentée discrètement, j'avais donné mon nom au professeur de musique, elle l'avait inscrit sur une liste manuscrite, j'ignorais l'usage qu'elle en ferait, j'avais précisé que je savais lire cinq clés en pensant que j'aurais le temps de les apprendre pendant l'été. J'avais visité d'autres salles de classe, puis je m'étais installée à la terrasse de « La Fontaine Saint-Michel », une brasserie en retrait de la place, pour profiter du beau temps avec une limonade. Paris m'aspirait comme La Rochelle quatre ans plus tôt. Je ne fréquente aujourd'hui ni les mêmes lieux, ni les mêmes personnes et mon esprit ne parvient pas à superposer la jeune fille d'alors au milieu de ce décor quand, accidentellement, je le traverse encore. Ce quartier reste figé dans un recoin de ma jeunesse, entre deux versions grecques et un flot de touristes, ils se font rares à présent.

Une voix masculine me répond. Une voix revenue de mon adolescence, Jean-Michel Orsini, auxiliaire de la vie scolaire. Il est prêt à aider, à plonger dans les archives de l'année 2004, même si, prévient-il, « ça prendra du temps», « bien sûr, je comprends, c'est un peu pressé, faites au mieux ». Il ne me demande pas d'explications. Tant mieux. Je n'aurais pas su quoi dire. Pour quelle raison peut-on appeler son ancien lycée quatorze ans après l'avoir quitté pour réclamer de vieux bulletins scolaires ? Je me rappelle précisément ce que les miens comportaient. La preuve de l'échec. Il n'a pas tardé à me rappeler pour m'annoncer que ce qui était antérieur à 2006 avait été détruit. Au pilon, les archives. De la pâte à papier pour les journaux.

J'insiste. « Il vous suffira d'écrire que je n'ai pas été autorisée à poursuivre ma scolarité chez vous. » « Admise, vous voulez dire ? » « Oui c'est cela, pas admise. » Pour cela, il faut compter sur le témoignage d'un de mes anciens professeurs. Ils ont pour la plupart quitté l'établissement. Ils flottent eux aussi dans cette époque inaccessible. Tant pis. Pour les documents que je n'obtiendrai pas, la mémoire qu'on n'a plus de moi.

Nous cherchons encore. Agnès Dagieu, je dis au hasard. Elle avait été mon professeur de lettres. Cela n'avait jamais fonctionné, les lettres. Elle m'avait reçue un jour en salle des professeurs. « Que se passe-t-il dans vos dissertations ? Vous avez pourtant de bons résultats en philosophie ? » Rien à faire. Je ne comprenais rien au langage de l'analyse littéraire. Je me rappelle des mots barbares. La narratologie, les niveaux métadiégétiques, intradiégétiques, les citations de Roland Barthes et de Mallarmé, auteurs que j'ai appris à aimer une fois le souvenir de ces mois d'hypokhâgne suffisamment distancés, au point de croire que je les avais chéris cette année-là. Au premier cours, Agnès Dagieu nous avait demandé de reproduire « un beau vers ». Quelqu'un de ma classe avait écrit : *Poème-pancarte. Ralentissez, n'écrasez pas les paysages. Merci.* J'aurais dû m'en souvenir pour faire demi-tour le jour où le bois s'est dressé devant moi.

Je n'ai pas pensé immédiatement à Agnès Dagieu à cause de mes mauvaises notes.

« Bonne nouvelle ! » s'exclame Orsini une heure plus tard après être allé la surprendre à l'intercours « elle se souvient très bien de vous ». Je reste troublée par ce « très bien », qui indique un souvenir net alors que pour moi, la confusion est partout. À quelques détails près. Je me rappelle les petits chemisiers à nœud qui me donnaient un air bon chic bon genre.

J'avais connu cet homme aussi, très grand, avec des yeux bleus perçants et le front légèrement dégarni. Il s'appelait Gary.

Quand je l'ai rencontré pour la première fois, je n'arrivais plus à poser un pied devant l'autre. Une séance avait réglé le problème. Je n'ai cependant jamais retrouvé mon pas léger et aérien. J'étais tout de même revenue le voir des semaines après, par sécurité. En battant la mesure sur mes genoux, il avait comparé la mémoire au disque dur d'un ordinateur. Il s'agissait non pas de supprimer les données mais de les modifier. De transformer les souvenirs. De court-circuiter la réalité, faire naître de nouvelles images. C'est peut-être pour cela que tout m'apparaît si flou à présent.

« Il va falloir que vous m'aidiez, parce que votre nom ne me dit rien du tout. » Les deux séances n'avaient pas suffi pour m'imprimer dans son esprit.

Ma voix s'étrangle. Non pas à cause de l'anonymat dans lequel me précipite l'oubli. Mais de l'impossibilité à dire. Simplement dire ce mot-là, venu mourir au fond de ma gorge. Que dire de soi pour attester de votre être auprès d'un étranger qui vous a vaguement croisée autrefois ? Je bredouille des choses sans intérêt. Je répète plusieurs fois mon nom qui résonne comme une coquille vide. Enfin, j'évoque un « accident » – ce mot chargé de sous-entendu que je m'autorise à dire puisqu'il ne heurte pas le flux du discours – et une forêt. C'est la forêt qui lui rend mon visage. Il me reconnaît, enfin. Il me parle tout de suite du vélo blanc et de l'heure du déjeuner. J'avais précisé à l'époque que les événements m'avaient privée de repas, tout cela pour dire que cette journée avait été gâchée jusqu'au bout puisque j'en avais raté le meilleur moment. De ce jour, je me rappelle cette faim pas rassasiée mais personne à part moi n'était d'humeur à manger. J'aurais bien englouti une religieuse par la collerette, fantasme que je me suis dépêchée d'assouvir dès le lendemain. « Et le piano, vous en faites toujours ? » « Un peu. Pas aussi sérieusement qu'avant. » Fini les grandes chevauchées, aujourd'hui, mes doigts retrouvent sous la forme de réminiscences mécaniques – comme si la main était reliée à une intelligence autonome avec sa mémoire propre – certains parcours de notes, Chopin ou Schumann et même quelques ragtimes joués dans mon extrême jeunesse, réapparus par miracle au bout des doigts comme le relief d'un paysage qui se révèle peu à peu avant de s'estomper en esquisse imprécise. Mes mains, quand elles se souviennent, délivrent des instantanés pour ma fille, comme de petites cartes postales animées, détachées du tableau de l'enfance.

« Vous vivez toujours à Paris ? Bravo, vous avez du courage, me dit-il avant de raccrocher. Une saloperie pareille. Ça vous détruit. » Il semblerait à présent que le temps se repose.

J'avais cru à un événement. Un jour comme celui-là qui agirait comme un point de bascule. Un drapeau rouge à l'horizon du passé, le grain de sable dans le rouage, la rouille, le mildiou. En réalité, le onze février est devenu une date sans plus de valeur qu'une autre dans la longue succession des jours d'hiver. Pour moi, pour mes parents, en tête du cortège de l'indifférence. J'avais donné le ton, « rien de grave ». Je l'ai répété autant qu'il le fallait. J'avais été désignée pour porter la honte. Pas eux. Ceux qui ont honte se cachent et se taisent. Ils m'ont regardée me cacher et me taire et ils ont approuvé, chacun à leur manière. Je leur avais montré la voie. Le onze février 2005 n'a vécu dans aucune mémoire, sinon celle de l'administration, un courrier du tribunal de grande instance de Versailles qui indiquait le classement sans suite de mon affaire. La date était surlignée en caractères gras au milieu de la page. C'est là que j'ai réalisé l'ampleur de l'amnésie. Il n'y a pas eu d'après, pas de gestes, de mots ni d'intentions. Tout était resté à l'identique. La vie et ce qui la composait dans les moindres détails. Les jours étaient les mêmes, à s'y méprendre. Tant d'efforts pour se ressembler. Sur mon silence, ce silence qu'ils voulaient me voir garder, eux, les parents, les proches, ceux qui savaient sans savoir, ils s'agitaient, gesticulaient, faisaient un bruit formidable. Les pères surtout. Le silence naturel de la mort et de ceux qui n'ont rien à dire est plus acceptable. On le laisse se propager volontiers, on en éprouve les vibrations, on s'en accommode, et même, on s'en incommode. Le mien nous entraînait vers un autre royaume. Depuis, quelque chose s'est gâté. La contagion s'est poursuivie. Elle a touché nos paroles, nos familles. C'est ça, le silence. Le pourrissement des familles. C'est ainsi que ceux qui parlent ont continué de parler, et ceux qui se taisent continuent de le faire. J'ai participé à cette grande messe sonore, moi aussi, c'était ma stratégie de repli. Cette parole-là précisément était frappée d'interdiction parce qu'elle ne pouvait être entendue. On m'a dit : « Ce n'est pas le moment. » On m'a dit : « Tu as eu de la chance, tu l'as échappé belle. » De la chance, oui, c'est sûrement ça. Là, j'ai compris. Il faudrait me faire discrète. Ça je savais faire. Je m'étais entraînée depuis l'enfance. Le reste je m'en débrouillerais. Ce silence m'arrangeait aussi. C'était leur façon de ne pas perturber le mien. De ne pas déranger ma pudeur. Ni moi la leur. Au fond de moi, j'étais confiante. J'avais besoin moi aussi de retrouver un semblant de vie normale. Je me demande encore où est passée ma colère. Je n'ai pas le souvenir de l'avoir rencontrée au cours de la dernière décennie. Non, au lieu de cela, je me suis émue pour des petites choses quotidiennes et sans importance.

Cela ressemble à une extinction de voix. Un doux manteau de silence.

À cause de toute cette douceur, à cause de mon visage que j'ai détesté pour cette douceur, la douleur n'est pas apparue. Évanouie. Ou invisible. Je l'ai cherchée. J'ai pensé qu'elle ne viendrait pas. J'ai pensé que je n'aurais pas mal. Je la guette encore.

Souvent, j'entends des femmes témoigner dans les médias. Sur internet. Afficher leur colère sur les murs. J'ai retenu certains messages. Les prénoms surtout. Ça, j'admire. Pouvoir parler librement. Dire les choses au fil de la pensée. Ne pas retenir ses émotions, les laisser filer comme un missile à travers l'écran.

Je n'écoute plus les commentaires qui les accompagnent. Souvent, ils me font mal. Ils voudraient un peu trop m'assigner, moi ou toutes les autres, à un statut unique et définitif, celui de victime, ce n'est ni une position enviable, ni la seule légitime. Certaines en ont besoin, certaines ont besoin de cette compassion, et il n'y a rien à redire. Ce n'est pas mon cas. Là non plus, il n'y a rien à redire. Le statut de victime est essentiel. Comme il est essentiel de pouvoir en sortir.

Il ne faudrait pas croire que toutes les histoires sont semblables, ni que toutes les victimes se ressemblent. Que leurs mots sont les mêmes. Justement, ces mots qu'elles ne disent pas. Ceux qui restent verrouillés dans leur mystère. Dans un commissariat, face à un juge, dans une cour d'assises. Il faudra se confronter à une parole ultime, celle qui raconte l'irracontable, factuel et précis. On ne peut pas se cacher derrière un récit, comme je fais ici. Ils veulent tout savoir. L'heure, le lieu, les postures exactes et longuement détaillées, les actes, les mots, les odeurs, tout. C'est cette parole-là qui donne envie de rebrousser chemin. De ne jamais relire son procès-verbal parce que ce qu'il contient vous afflige. L'indicible, pour moi, il est là. Dans le : comment ? Cette question dans laquelle s'engouffre sans ménagement la culpabilité, la vôtre évidemment.

J'étais installée à côté de la fenêtre dans un compartiment presque vide. Deux heures plus tard, seuls les plus chanceux trouveraient une place pour s'asseoir. Les trains de banlieue ne désemplissaient pas une fois passée la mi-journée.

Les rames se peuplaient indifféremment de cadres intermédiaires en costumes sombres, représentants en commerce, employés de maison, fonctionnaires, étudiants, jeunes errant sans but dans les transports. Un concentré de la petite population de l'urbanisme à grande échelle, que l'on appelait francilien pour ne pas dire banlieusard qui sonnait comme brouillard ou blafard. L'essentiel du contingent c'était la classe moyenne. À force de ne pas pouvoir la définir, on l'appelait celle du « ni ni ». Par le passé, nous étions, avec ma mère, mes frères et sœurs, dans notre banlieue, cette négation. Ni heureux ni malheureux, ni riches ni pauvres. Rien n'était vraiment possible. Comme cette commune où nous vivions, l'appartement que nous occupions situé dans une résidence du Clos Fleuri, il en existait beaucoup qui portaient ce nom-là, comme il existait beaucoup de familles au même aspect quotidien, autant dire, sans visage. Je les reconnaissais dans le train, certaines nous ressemblaient, leurs histoires, n'intéressaient personne.

Une fois, une bande est montée, elle a encerclé un passager. Il a reçu une gifle. Comme ça, sans raison. Par ennui. On ne sait jamais vraiment quoi faire pour sortir de l'ennui. Le retentissement de la claque, ça a sonné tout le monde dans le wagon. Après on n'entendait plus un bruit.

Cinq ans que ma mère avait quitté la banlieue quand je suis montée dans ce train. Mais j'allais vers une autre destination. Vers les coins chic. Un grand parc à chevaux, vestes surpiquées et maisons à colombages, entre ville et campagne. Un château du XVIIe siècle qui écoule des jours paisibles au bord de la Seine. J'ignore ce qui a fondé ma décision de partir. Le sursaut du départ, tout le monde a connu ça. Cette impulsion. Ses visées abstraites. Ou si précises, déréalisées par un désir trop grand. Les miennes étaient entre les deux. L'espoir conjugué à une tristesse vague. Une oscillation, un déséquilibre. C'est comme ça que je me suis laissé surprendre. À cause d'un léger porte-à-faux. Plus tard, j'ai entendu que *ça* ne frappait que les faibles. Et que même, *ça* risquait de se reproduire si je continuais d'avoir peur. J'étais assimilée définitivement à cette réduction de mon être, et je n'avais plus qu'à m'étendre en attendant que *ça* recommence. Fin de l'histoire. J'étais tombée dans le trou creusé de la banalité. Toujours la même. Celle du mot qui m'est pour cette raison-là innommable. Vidé de sa substance.

Ma tête reposait contre la vitre. Je portais un blue-jean très serré, un pull d'homme à grosses mailles et un long manteau de velours imprégné d'une odeur de sous-sol acheté dans une friperie des Halles. Ma peau avait encore le velouté de l'enfance mais les traits de mon visage avaient connu le plaisir, il les avait déjà déformés, on pouvait voir cette déformation à sa deuxième lecture. J'avais dix-neuf ans depuis trois mois. À mes pieds, j'avais glissé un petit sac en toile beige. Personne ne m'avait rien demandé lorsque j'avais franchi les portes du foyer avec ce sac. J'étais partie sans prévenir après avoir ramassé quelques affaires et déposé la clé de ma chambre à l'accueil. C'était je crois un jeudi. Le lendemain matin, nous avions un devoir sur table de cinq heures. J'avais décidé de ne pas m'y rendre. Sans savoir que cette décision me condamnait.

Tout a commencé par un faux départ dont j'ai longtemps cherché l'origine. Comme si les semaines, les mois, les années qui précédaient m'avaient orientée vers cet instant, comme si les jours vécus s'étaient soudés les uns aux autres, solidaires, pour me porter vers cette seule destination. J'avais une dette à payer. La banlieue que j'avais quittée sans prévenir, ma mère que j'avais trahie, en m'inscrivant à son insu dans un pensionnat de La Rochelle, pour m'inventer une autre vie. Le foyer où j'avais atterri par erreur.

L'établissement était fréquenté en partie par des élèves boursières. Ce n'était pas mon cas mais des chambres s'étaient libérées après une vague de désistements. Certaines ne supportaient pas la pression, le rythme des classes préparatoires et parfois l'éloignement familial. Le tri naturel.

Dans ma classe, cinq ou six de mes camarades vivaient au foyer. Cela devrait être possible, j'ai pensé. Je m'adapterai. J'ignorais jusqu'à peu l'existence même de ces foyers et je me sentais parfaitement étrangère au destin de ces jeunes filles régulières capables de se couler avec le plus grand naturel dans l'ordre établi. Je les admirais pour cela. La concordance de leur être avec les lois de l'existence qu'elles déchiffraient avec aisance et simplicité. Une distance persistait entre elles et moi. La distance d'une mer maintes fois retirée dont j'avais suivi le mouvement pendant quatre années pleines dans cette ville côtière de pierre blanche, la solitude même. Grâce à cette solitude, je saurais, m'avait-on promis, m'acclimater plus facilement à celle d'une grande ville. Le problème résidait ailleurs. Dans mon incapacité à adopter un appareil de normes venues non pas de moi-même mais de l'extérieur : cet ordre régulier des pensionnaires que j'avais connu longtemps auparavant, et qui s'était dilué justement, dans la solitude.

J'ai suivi le petit groupe après les cours. Pour voir. J'ai accompli ce trajet qui serait le mien, Odéon – Michel-Ange Auteuil – Jasmin. Je marchais juste derrière elles, légèrement en retrait. Elles m'intimidaient moins que prévu. Elles étaient, comme je devais l'être aussi, d'humeur quotidienne. Le quotidien, c'était la vie dans son élément principal. Ses menues gloires, ses menues défaites. Il y avait tout cela dans leurs bavardages en remontant la rue de l'Yvette.

Une fois sur place, l'une d'elles s'est détachée du groupe pour me conduire jusqu'au bureau de la directrice. C'était une dame sévère mais affable, une de ces habituées de la jeunesse qui n'en prennent pas ombrage et portent sur leurs pensionnaires un regard bienveillant. Elle m'a reçue tout de suite et m'a proposé une chambre vacante du troisième étage. J'ai su que je n'y serais pas à ma place. Mais j'ai accepté. C'était une aubaine à ce stade de l'année. Et c'était bon marché. « Pour le règlement, nous verrons un autre jour. » En plus elle se montrait arrangeante. Nous avons procédé aussitôt à l'inscription. J'ai épelé mon nom en toutes lettres. Avec un F, j'ai dit. Certains avaient le réflexe d'écrire Ph. Comme photographie, photophore ou phobie. On m'avait appris dès l'enfance à marquer une certaine déférence vis-à-vis de ce nom. De bien en articuler toutes les syllabes. D'en être fière. C'était une chance, m'avait-on répété. Faute de connaître l'odeur des orangers de Sicile et les soleils acidulés de la province de Syracuse, j'étais pourvue d'un nom dont la musique douce et chantante devait nous préserver des brouillards urbains.

L'une de mes sœurs l'aurait bien troqué, pourtant, ce nom. Mais elle n'a pas pu. À cause de cette chance à ne pas gâcher.

Le foyer appartenait à la partie lointaine du seizième arrondissement, l'ancienne commune d'Auteuil, cette campagne prisée des nobles et des bourgeois dont il reste quelques paroisses qui ravivent un souvenir pittoresque. Autrefois, la rue du Docteur-Blanche, celle du foyer, s'appelait sentier des Fontis. Un fontis, c'est le sol qui s'affaisse. Un entonnoir provoqué par la déliquescence des souterrains. Je ne suis jamais retournée marcher dans ces rues par la suite. Elles étaient faciles à éviter. Personne n'aurait eu l'idée de s'enfoncer jusque-là, de me donner rendez-vous dans cette zone lointaine de la ville. Nul ne pourrait surprendre une familiarité, une aisance à s'orienter, un semblant de connaissance du quartier. Si bien qu'il m'a été facile de le soustraire de la cartographie de mes récits. Je ne raconte pas les jours vécus là-bas, au risque de m'entraîner vers des confidences en forme d'entonnoir.

On ne peut pas anticiper le désordre provoqué par le déplacement des sols. Tout part d'une anomalie. D'un mouvement qui n'aurait pas dû avoir lieu.

Emprunter le grand escalier impair, grimper les étages à pied, s'installer à sa table de travail, ne pas même avoir un regard pour l'extérieur. Puis non, s'interrompre. Lassée par l'ouverture d'un livre, ce livre-là ou l'addition de tous les livres ouverts depuis des semaines. De tous les dîners engloutis, de tous les plateaux traînés sur les barres horizontales du self-service, le soir, le matin, à heure fixe. De l'hiver. Tout cela annulé par une pression du pouce sur le capuchon d'un stylo. Les marches redescendues quatre à quatre et remontées gare Saint-Lazare, avec un long manteau de velours et un petit sac en toile.

J'étais seule en entrant dans le bois, sur un vélo neuf à cadre blanc, un grand vélo réglé un peu haut pour mon mètre soixante-dix. La forêt avait perdu l'étoffe des beaux jours. Une pluie légère saupoudrait mes mains glacées. Je n'étais pas assez couverte, tout juste avais-je enfilé avant de partir l'imperméable en toile à carreaux de mon père, à portée de main dans l'entrée, un jean très étroit, des ballerines achetées dans une boutique de la rue des Merciers à La Rochelle deux ans plus tôt. J'engageai une roue sur le trottoir, puis l'autre, j'arrivai sur le chemin caillouteux qui menait au bois. L'irrégularité du sol provoquait de petites vibrations dans mes poings resserrés sur les grips, et aussi dans ma mâchoire. Je ne croisai personne. Je m'élançai sur le carrefour, un terre-plein dégarni au croisement des chemins, l'endroit où la forêt ouvre grands ses bras en étoile. Un banc mouillé offrait sa monotonie en spectacle, je le laissai derrière moi, avisant un sentier long et droit, un immense couloir de solitude perdu à son extrémité dans une brume lactée. Il apparut de l'autre côté, l'air inoffensif.

Je ne m'interrogeai pas sur sa présence, elle ne me semblait pas suspecte, comme souvent, j'étais ailleurs. Je ne pourrai plus me décrocher de cet ailleurs. J'ai déjà précisé qu'il n'aurait pas pu me pister à travers le jour. Je continue de le croire. Je ne me suis pas méfiée, j'ai continué à rouler dans une direction qui n'était pas la sienne. J'allais très vite. Ma gorge brûlait. C'est cette brûlure que je recherchais. C'était pour cela que j'étais ici. Pour me consumer dans l'air vif. Pour avoir mal. J'avais formulé très précisément ce désir la veille. Un coup de fil à mon père. « Je viens pour pédaler dans la forêt. » Sous la pluie, en plein hiver. Personne n'avait cherché à m'en dissuader. Sur un vélo, que risque-t-on ? Pédaler, disais-je. À plein régime sur grand braquet. Cette image m'avait accompagnée pendant tout le trajet en train, moi sur mon vélo comme une fusée, je croyais me jeter dans la vie, sans voir que c'est la vie qui me jetait. Aujourd'hui, égarée sur la piste d'un souvenir, j'éprouve encore la violence de cette expulsion. Mon retour parmi les vivants est un leurre. Je ne suis jamais rentrée de cette forêt. Celle que je suis devenue est inventée. Une reconstitution. Une anticipation de ce que j'aurais pu être. Toujours à côté de ma vérité.

On m'a demandé, souvent, de revisiter précisément les faits. De raconter.

Il me reste des impressions superposées les unes aux autres. J'ai dit ça. « Impressions superposées. » Un filtre nébuleux. Les avions passés au-dessus de ma tête. Le bruit étouffé des moteurs. Puis rien. Perdus au loin. L'éloignement de la vie. Son retour, un va-et-vient. De nouveau ce bruit disparu dans la nudité d'un jour glacé. Mon rythme cardiaque à plein régime, le froid déposé sur mon visage. Le calme revenu, le vent piégé sous la cathédrale des grands chênes soufflant à mon oreille des incantations silencieuses. Le déjeuner bientôt prêt. Le temps passé, invisible sous la lumière basse. Les arbres tendus vers le ciel implorant une lumière plus clémente. Les chaussures couleur taupe à semelle crantée plantées net dans le sol boueux, la polaire noire près du bouleau écorché, mes bras, mes épaules, mes jambes raidis d'un coup, ses yeux de fatigue sournoise, ses mains pleines en avant de lui, ma peur née ici, de ses yeux, ses mains, cette population verticale de bouleaux complices du camouflage, complices aussi, la surdité des pierres, celle des maisons, juste là, limitrophes, derrière le mur si proche, insaisissables. Le léger goutte-à-goutte entre les feuillages. La pluie mêlée au silence. La brise inquiète. La pompe du cœur soulevant ma poitrine. Mon corps agenouillé, roulé du dos sur le ventre, les chairs très blanches sur le tapis de l'hiver.

J'étais encore là. Quelques secondes, des minutes par dizaines, impossible à dire. J'ai attendu qu'il ne revienne pas. Cela paraît insensé. Attendre ce non-retour. Il m'avait dit « tu bouges pas », j'ai pas bougé, c'est tout. Il est parti et j'étais libre. J'ai tardé à réaliser. J'étais sûrement captive d'autre chose. Ou alors, j'avais déclaré forfait. J'ai pensé qu'ils reviendraient à plusieurs. Je ne sais pas pourquoi. Toutes sortes de pensées irrationnelles m'ont étreinte à ce moment-là. Puis plus de pensées du tout. Pousser un cri de délivrance, ou du moins remettre humblement mon corps en mouvement pour dire ma gratitude d'être en vie ; cela je ne l'ai pas fait. Le soulagement n'est pas arrivé tout de suite. Est-il jamais venu ? Je suis restée figée quelque part dans la saison, « à l'arrêt ». L'émotion m'a quittée pour se perdre ailleurs, là-haut, dans le ciel blanc. Mon corps, en partie dénudé, restait immobile et n'éprouvait pas le froid. J'ai vaguement pensé à la stupeur mais je crois que l'état de stupeur doit être plus superficiel et plus bref dans le temps. À moins que ce ne soit la stupeur et la peur additionnées.

Mais la seule vérité que je tiens de cet instant, c'est qu'il a existé en dehors de toute conscience et j'irais même jusqu'à penser : en dehors de moi. Je ne saurais dire totalement de quoi procédait cette immobilité. Il aurait fallu pour cela retomber dans le réel. Décrocher les mots, les phrases qui flottaient au-dessus de ma tête pour les ramener dans le monde communément admis des hommes et du langage. Sortir de cette temporalité dépourvue d'elle-même dans laquelle je me tenais pour regagner le présent, éprouver cette convulsion nette du présent. C'est arrivé pourtant. Je suis revenue. Je ne sais pas comment. Cela s'est fait, je crois, à mon insu. Alors j'ai couru, très vite, sans personne à mes trousses pourtant. J'ai couru comme j'aurais rêvé de courir si les choses avaient tourné autrement. En ligne droite, sans réfléchir, en avant dans les ronces. Elles ont percé la soie du visage, le seul sang qui ait coulé ce jour-là.

Mon inquiétude portait sur le vélo. Était-il toujours là ?

Il avait lancé un peu plus tôt :

« T'inquiète pas, on te le prendra pas, personne passe jamais par là. »

J'ai fait mine d'être préoccupée par le vélo, d'avoir peur des voleurs, le danger pour moi c'était les voleurs, c'est ça que je lui ai fait croire. J'ai feint d'autres choses aussi, la sérénité, la légèreté même. J'ai fait la conversation. En parlant des fougères, des hautes futaies, du spectacle des chevaux sur les pistes larges et dégarnies, du bois que j'arpentais depuis l'enfance, plutôt du côté du château, « les grandes allées, vous connaissez ? » J'ai insisté pour le vélo,

« très ennuyée », j'ai dit, « c'est pas le mien, s'il arrivait quoi que ce soit ». Le vélo neuf de mon père. Quel gâchis, ce vélo, j'ai pensé.

« D'accord, ramène-le. Dépêche-toi. »

Me suis retournée. Ai regardé le vélo. Et ses pieds à lui. Ses grosses chaussures crantées. Ai évalué les risques en un précipité de secondes. Ai dit : « C'est bon je le laisse là-bas. » Ma vie pouvait dans cet instant tenir à un manque de discernement de ma part. Une maladresse, une attitude, un mot, un geste involontaire. Comme : ma silhouette mobile s'éloignant vers le vélo, la liberté si proche d'être rendue. On ne sait pas, on ne sait rien, on ne peut rien prévoir. J'avançais dans la direction qu'il m'indiquait : là-bas, tout au fond, au-delà des sentiers, des ronces et du fossé. Là-bas, près du tas de pierres qui dépassait de la tranchée. Là-bas ; le charnier. Quelques mètres nous en séparaient. Peu de temps devant moi pour atténuer les dégradations qui seraient inévitablement commises sur ma personne. La ruse plutôt que la fuite. Reprenons depuis le début. Cet objet perdu, une histoire qu'un enfant aurait pu inventer. Une histoire dont personne ne serait dupe. Il n'avait pas l'intelligence des grands prédateurs. J'ignorais tout de la violence dont il était capable. C'est un emballement aussi, la violence. Un geste en entraînant un autre, tout pouvait aller très vite. Parfois, ils aiment qu'on leur résiste. C'était un être brut, simple, sans nuance. J'ai pressenti ça. Il fallait farder ma peur, de couleurs, de naïveté. Rester naturelle. Faire semblant d'obtempérer. Adopter ses mots, son système de pensée, le rythme de son pas. Ne pas donner l'impression de se soumettre. Décider. De rester calme. Un calme souverain. Parler, continuer à parler. À débiter des phrases volatiles, innocentes pour montrer qu'on est calme. Pour se persuader soi-même qu'on va pouvoir le rester. Pour prendre le pouls de sa propre peur. Pour la dominer. Dominer tout le reste. Ne surtout pas montrer cet effroi, les palpitations, l'emballement cardiaque, s'interdire tout regard de proie suppliciée. Et même oser un sourire diffus pour montrer que, décidément, on est très à l'aise avec la situation.

Au cours du procès, il a révélé qu'il avait eu plus de mal avec moi. Plus de mal à me soumettre. Qu'il avait des scrupules à me violer, pour ça que ça a été moins long que pour d'autres. Moins pénible aussi, sûrement.

Une amie pénaliste, qui a défendu beaucoup de criminels, m'a dit un jour qu'un viol, c'était rarement une affaire de sexe.

*

Il était donc à ma portée, un miracle, ce vélo à ma portée. Blanc avec une selle noire. Une étiquette avec des mots en rouge ou en bleu. Juste là, contre l'arbre déposé. Élégant. Comme : « en attendant ». Il y avait quelque chose de presque trop civilisé, dans l'image de ce VTT adossé à l'arbre. Comme si son propriétaire l'avait installé là, le temps de réaliser quelques observations sur la nature environnante, un merle ou un rouge-gorge qui s'égayerait entre les branches dénudées. Cette image statique, les choses laissées en ordre, l'ordre effectivement revenu, la rotative des jambes, le bruit de la chaîne, du portail et la maison muette qui m'avale. C'était moi. La même que celle qui avait franchi le pas de cette porte une heure plus tôt. Juste moi, avec en plus l'envie de prendre un bain. Une moi augmentée d'une envie de propreté. Mais ces écorchures, et cette boue ? Un bain je vous dis, c'est bien. Je me coule dedans parce que là je pue la mort, et je ressors après, j'ai pas l'intention d'y rester très longtemps, non, juste un peu de calme et d'intimité, je vais très vite repartir, je ne reste pas dormir, ça ne me dit rien du tout de rester par là, ne croyez pas que je veuille vous fausser compagnie.

J'ai passé ma tête sous le robinet d'eau froide et je me suis regardée dans la glace pour voir. J'avais fait pareil onze ans plus tôt, dans la salle de bain de notre appartement du Clos Fleuri, quand des garçons de mon école m'avaient allongée sous le préau et s'étaient succédé pour me chatouiller la bouche de leurs petits museaux humides. Après, j'avais nettoyé mon visage de mes cheveux pour rétablir un semblant de dignité. Même un enfant de huit ans a l'intuition de sa dignité. Pour le reste, j'ignorais ce qu'il était permis d'éprouver dans ces cas-là. La honte, la colère, le ressentiment, l'indifférence. Restait le désarroi. Qui mettait tous les autres sentiments en instance. Qui différait la peine. Et pouvait la retarder des jours, des mois, des années parfois. Et alors, quand elle surgissait, on ne savait plus. Il est souvent trop tard pour se souvenir mais jamais trop tard pour oublier.

J'ai haï ma maigreur. C'était une légère infirmité, non pas la maigreur, réellement, mais l'impression qu'elle donnait, de ce corps pas tout à fait fini. C'est pour cela que les autres enfants avaient dû me choisir. À cause de cette faiblesse repérée dans les charnières, et de mon petit poids. Il leur serait aisé de me saisir, de m'allonger et surtout, de me retenir. Cinq petites paires de mains pas bien robustes non plus mais suffisamment fermes pour me prendre en tenaille sur la dalle de béton du préau. Comme souvent avec les enfants, ça avait commencé comme un jeu. La maîtresse ne s'était pas inquiétée de leurs rires. Qui s'inquiéterait d'un rire d'enfant ? La cruauté des enfants n'a pas le visage monstrueux de celle des adultes. Ce n'est pas aux enfants que j'en ai voulu. Mais à la banlieue. Son désœuvrement. Ces mots que l'on découvre, « tournante », dans la bouche d'enfants de huit ans. Au début, je croyais qu'ils parlaient d'une partie de ping-pong. C'est de là que provient, je crois, mon aversion pour la banlieue.

J'étais en vie. Du moins, j'en avais l'air.

Le jean en étau sur les cuisses, les bras alignés le long du corps, les mains, tombées. Les pieds bien parallèles occupant la première marche de l'escalier en partant du bas, le reste du corps s'élevant dans le périmètre défini par la marche qui dressait une paroi invisible et le maintenait dans la raideur.

Trois hommes en jean, rangers et bombers noirs ont pénétré à l'intérieur de la maison. Ils se sont manifestés bruyamment. En criant très fort : « Il y a quelqu'un ? » La porte était ouverte en prévision de leur arrivée. Ils ont glissé une tête, le reste a suivi et ils sont tombés sur moi, posée par les pieds comme un bibelot sur cette marche.

Je savais qu'ils viendraient. Mais je ne les attendais pas. J'aurais préféré qu'on ne les prévienne pas.

Je n'exigeais rien pour moi-même. Au mieux, je pourrais

éviter à d'autres le même sort que le mien. Pour cela, non, je n'ai pas pu regretter, cette parole qui m'a été arrachée.

Il y avait un meneur. Capitaine Mentalo. Il a proféré des paroles, « on a un suspect, il est séropositif ». Il a regardé mes cheveux mouillés. « Vous avez pris un bain ? » J'y avais même glissé de l'Hextril. « Malheureuse ! Nous n'avons plus aucune chance de retrouver l'ADN ! »

Je suis montée à l'arrière du véhicule, une Peugeot bleu marine, escortée par les trois hommes. Tenues et voiture banalisées, l'uniforme de l'ordinaire. On avait composé le 17 et ils avaient rappliqué. Moi j'avais rien demandé. Je n'ai opposé aucune résistance bien qu'en mon for intérieur je sois en désaccord avec leur présence et tout ce qui allait suivre, mais désarmée d'avance par le nombre et l'autorité. Je n'étais plus en capacité de lutter. Le combat que j'avais mené m'avait précipitée du côté de la défaite mais il me restait encore l'orgueil des perdants. Il se traduisait par une forme de résignation à l'état de fait. D'obéissance immédiate à mon sort. Je voulais éviter un nouveau revers. De toute façon, j'avais perdu toute aptitude à résister. Je m'accommodai de cet excès de réalisme dans lequel j'évoluais à présent.

Nous avons roulé cinq minutes, dix tout au plus, et nous nous sommes arrêtés devant une construction en béton étagée sur deux niveaux avec des petites fenêtres carrées surplombant un rez-de-chaussée grillagé. L'arrière-cour était elle aussi bétonnée et lézardée par endroits, laissant se faufiler çà et là quelques mauvaises herbes. Nous sommes entrés dans le bâtiment dont le sol était recouvert de toile noire plastifiée, en marchant, il y avait comme un bruit de caoutchouc, qui m'évoquait un bruit de gymnase. On entendait le même grincement sur le sol des vestiaires, avant les compétitions de gymnastique. J'attendais mon tour dans mon survêtement en polyester, j'aimais frotter vigoureusement mes mains avec les pains de magnésie avant de me lancer sur les barres asymétriques en me prenant pour Shannon Miller, mon idole du moment. Nous sommes montés à l'étage, seul un homme est resté, le plus zélé, celui qui n'avait cessé d'élaborer durant le court trajet les hypothèses les plus échevelées, se donnant le rôle-titre façon enquêteur sombre et ténébreux à la Bogart dans *Le Faucon maltais*, comme on rêve à voix haute. Les autres se sont dispersés dans les services sans un mot. Je me suis vaguement demandé pourquoi avoir mobilisé trois hommes pour une prise si petite et si obéissante. Je suis donc restée avec le capitaine Mentalo, qui, depuis son bureau de petit chef, se rêvait commissaire. C'est ici qu'il devait bâtir sa légende. C'est ici qu'il avait « confronté » l'un des criminels les plus « bankables de l'Hexagone ». Il avait été « à deux doigts » de le coffrer ! s'emportait-il. Son flair ne l'avait pourtant pas trompé, mais son enquête n'avait pas abouti. Il m'expliquait tout cela quand une femme fit irruption dans la pièce et demanda si elle pouvait rester pour l'audition. J'ai dit non tout de suite. Mentalo a eu l'air soulagé de ma réponse. Il n'aurait pas aimé congédier lui-même l'officier. On voyait que c'était le genre de type qui tenait à être aimé de ses subalternes. Quitte à leur faire plaisir contre son gré. Mentalo marqua un silence, réunit par l'extrémité ses sourcils et ses pensées, prit un air pénétré – avec cet air-là, sûr qu'il n'aurait coffré personne – et dit en préambule: « Dis donc, tout à l'heure, vous aviez l'air choquée. » Il a ajouté que les filles parfois mentaient. Mais moi non. J'étais crédible. Il a dit ça : « crédible ».

Puis il a commencé avec ses questions. L'heure exacte. Les habits qui couvraient ou ne couvraient pas le corps. Je portais un jean. Serré, large, « baggy » ? Serré. Il a écrit « jean moulant ». Il a précisé qu'on ne me soupçonnerait pas de faire dans le racolage, c'était pour définir le profil type de la victime. Dégager une piste, un mode opératoire. Pour lancer un avis de recherche à grande échelle, autant être précis dans le signalement, individu s'en prenant à des jeune filles à l'air ingénu, moulées dans des jeans clairs. À ce stade de mon récit, une phrase de la juge d'instruction me revient : « Il a dit que vous lui plaisiez. » J'ai détesté cet aveu. L'apprendre surtout. J'ai repensé à mon jean. Il m'avait dit : « T'as un beau cul. »

J'ai raconté les mains robustes à l'odeur d'humus qui bâillonnaient le bas du visage, le mur, les pierres, la voix, les cheveux, la terre qui est allée dans ma bouche.

Par où était-il parti ? Avais-je tenté de m'enfuir ?

J'ai répété : m'enfouir.

Je lui ai dit à Mentalo que j'étais inquiète d'avoir laissé mon vélo comme ça au milieu de nulle part. Qu'il m'avait dit « va le chercher », mais je n'y suis pas allée pour montrer que j'avais pas peur. J'ai pas dit que j'avais trop peur de moi. D'être grisée par la possibilité de fuir et d'échouer, de ne pas parvenir à coordonner mes gestes, de ne pas placer correctement mes jambes l'une devant l'autre, de m'embrouiller sur les pédales, d'avoir les mains qui tremblent.

Je m'enfonçai dans le récit des dernières heures, comme un somnambule s'enfonce dans la nuit. Au réveil, sans mémoire.

Je remis un sac avec mes vêtements pour les prélèvements. Il fut rendu sans que je n'en sache rien. Une fois j'ai demandé. Je voulais récupérer mon jean. Je l'aimais bien. Trop tard. Mon père l'avait brûlé. Je tiens cela, je crois, d'une de mes sœurs. J'ignore si c'est vrai. Je n'ai jamais eu envie de vérifier. J'aurais pu le porter à nouveau ce jean, cela m'était égal, je n'attache pas d'importance à ces choses-là. Mais je n'ai rien réclamé pour ne pas choquer.

Mentalo m'a dit qu'il allait chercher du côté d'une entreprise d'élagage installée dans le secteur. À cause de l'odeur d'humus. Il prenait l'affaire très au sérieux.

Nous marchions vers la mer avec Marianne, la femme de mon père, sur le sentier des vacances. C'était vers la fin du mois d'août, et l'atmosphère était chargée d'une odeur de varech. Au bout du chemin, un promontoire en haut de la falaise s'ouvrait sur le pertuis Breton. Pour l'atteindre, il fallait traverser un sous-bois en ligne droite. À son extrémité tout devient minéral, plus d'arbres, plus de terre, un large sentier qui serpente le long des cultures sous le ciel immense. Quelques pieds de vigne clairsemés sur la terre aride offraient leur rangée de silhouettes râblées, sinueuses, à la lumière blanche du mois d'août. On avait toujours un cillement à la sortie du sous-bois. On finissait par s'habituer à cet éclat et l'horizon au ras des champs. Cette année, les tournesols s'étaient substitués au colza. Le panorama se précisait à mesure qu'on progressait sur le sentier. Une longue étendue de vase ouvragée par la mer encore nichée dans ses replis s'imposait devant nous, de longues rigoles filant vers le large et qui s'embrasaient au couchant. Une route pleine d'ornières s'enfonçait à l'horizon pour desservir les alignements de bouchots. J'avais appris plus jeune qu'on piégeait les naissains avec des cordages avant de les enrouler autour des pieux. J'ai toujours aimé ce mot, « naissain ». Il m'évoque une forme de pureté. À cette époque, je vivais sur la côte et j'avais été engagée comme guide dans un musée de la baie de l'Aiguillon. J'avais appris les pratiques de la pêche locale. Le musée présentait des films, une grande maquette de mollusque, une moule hermaphrodite, une barque à fond plat offerte par un boucholeur à la retraite pour avancer sur la vasière. Il fallait les voir propulser leur acon, qu'on appelle également de façon imagée « pousse-avant », à l'aide d'une jambe enfoncée en cadence dans le sol meuble. Je racontais cela aux touristes de passage sur la route des marais. C'était l'année de mes dix-huit ans. On m'avait aussi confié la clé de l'église fortifiée. À la fin de la journée, après le départ des derniers visiteurs, je prenais l'escalier en colimaçon qui menait aux remparts. Par temps dégagé, on apercevait la Vendée. En hiver, la campagne d'ici ressemblait à de longues nappes dépigmentées habitées par les vents. Je lui trouvais pourtant un certain charme. La présence de la mer donnait du relief au tableau. L'été, son étendue diaprée mettait le paysage en fête. Les petits chemins de campagne étaient comme parés pour la noce. Les mûres se ramassaient par grappes et les constellations nacrées des coquillages scintillaient sur le sentier. Rien de plus enivrant qu'un chemin réveillé par le soleil qui découvre au loin, la mer. À Paris, je me figure parfois une plage au bout d'une rue saturée de lumière. La ville se métamorphose dans ces projections imaginaires.

Les remparts de l'église offraient une vue sur ce qui formait jadis le golfe des Pictons, ce territoire où la mer régnait sur un chapelet d'îlots calcaires que dominaient villages, abbayes et algues marines. Aujourd'hui ces terres ont été remplacées par routes, marais, champs et canaux, œuvre des moines qui ont soumis la nature et asséché les terres au XIIIe siècle pour les rendre cultivables. À l'ouest, les marais étaient bordés par une falaise morte, vestige de cette période, blanche comme la pierre saintongeaise qui faisait ressembler les villages d'Aunis à des villages maures. Lors des tempêtes les plus violentes, l'océan rejoignait ces terres marécageuses. Il est arrivé que l'eau se propage jusqu'à l'église. Les prévisions climatiques les plus pessimistes annonçaient le retour de l'ancienne carte à l'horizon de la fin du siècle. Comme un juste retour des choses. Comme si la nature, affranchie de siècles de servage, retrouvait l'étendue de sa souveraineté. Un jour, un gars du coin m'a dit que si on se retrouvait piégé dans la vase, mieux valait ramper que marcher. C'est une technique de survie. Adopter le mouvement qui nous est le moins naturel pour éviter de s'enfoncer, de sombrer. Je pensais à cela en regardant les pêcheurs rejoindre leurs lignes de bouchots. Nous étions presque arrivées à la pointe, un balcon sur la baie. Juste avant de l'atteindre, Marianne m'a parlé d'un cri vieux de presque vingt ans, un cri venu du fond des âges. La proximité du précipice avait fait ressurgir le souvenir de ce cri que j'avais poussé à l'époque. C'est elle qui avait appelé la police. Elle m'a raconté. J'avais franchi la porte d'entrée, puis ce cri venu glisser sur le béton ciré du salon, saturer les chambres d'enfants, se répandre dans les recoins douillets de l'espace domestique et perturber le sommeil des chats. Au cri succède toujours une étrange vibration que le silence peine à nettoyer. Ce cri venu du fond du bois, elle l'évoquait pour la première fois. Elle m'en parlait comme d'un souvenir partagé, comme s'il était entendu entre nous qu'il avait existé, comme s'il avait instauré une alliance secrète et complice. Je n'en avais pas le moindre souvenir. Au contraire j'éprouve encore distinctement la sensation d'être restée longtemps interdite. Ou plutôt, aphasique. Et par une sorte d'inflation, celle d'être invisible. De sortir du bois sans être remarquée par les passants croisés sur le chemin du retour. C'est étrange comme sentiment, de vouloir crier au monde des choses impossibles et de se retrouver confrontée à l'indifférence, non pas des autres, mais de la vie en général. Mes souvenirs, je l'avais compris avec les années et les différentes versions que j'ai pu produire pour les autres comme pour moi-même, étaient parfois insensés. Par exemple, cette éclaircie que j'étais certaine d'avoir vue en forêt, en pédalant vers la sortie. Une fenêtre de printemps dans le rideau de pluie tombé sur le reste du jour. Marianne me parlait librement de cet épisode. Comme s'il n'y avait pas à s'en cacher. Elle était la seule à le faire ainsi. La seule qui ne semblait pas incommodée par ce récit, qu'elle avait su filtrer, métaboliser, comme j'avais dû le faire moi-même, des années plus tôt. Je lui ai dit qu'un procès avait eu lieu, qu'un type était sous les verrous, comme ça, dans la conversation, sans que le tragique ou la pitié ne s'invite dans mes paroles ou dans les siennes, comme cela devrait être à chaque fois que ce sujet est évoqué. La pitié, je l'avais surprise dans le regard d'une psychologue affiliée à un centre d'aide aux victimes. Mon père avait tenu à m'y emmener, suivant les recommandations de Mentalo. J'avais accepté de le suivre jusqu'à la rue Charles-Fourier car je sentais qu'il avait besoin de faire quelque chose pour moi. Avant d'enterrer définitivement le sujet. Rien n'est facile pour personne. Même cette parole qui s'esquive, retenue d'éclore, est douloureuse.

Marianne m'a rappelé m'avoir accompagnée à l'unité médico-judiciaire de Versailles. Une seconde fois, un matin. Je ne sais plus ce que nous devions y faire. C'était bien longtemps après le cri. Des semaines je crois. Elle était venue me chercher à la gare de Versailles Château. J'étais montée dans la voiture et la suite des événements demeurait à nouveau insaisissable. Mon souvenir de l'UMJ remontait au jour des faits. Le lieu n'était pas déplaisant, avec ses ferronneries et sa cour arborée qui ressemblait à celle d'un cloître. Le médecin m'avait invitée à me dévêtir derrière un paravent pour les prélèvements. Son visage ne m'apparaît plus aujourd'hui, seulement la confiance qu'il inspirait.

En voyant se déployer sous nos yeux cette nature ivre et chantante, l'envie me vint de rebrousser chemin, remonter le temps, regagner les contrées anciennes et l'époque où les cauchemars éveillés ne venaient pas me hanter à la vision des herbes folles, pelouses en friche ou prés mal fleuris. Retourner dans mon village, celui où mes arrière-grands-parents avaient établi leur ferme. M'enfoncer dans les grands champs de blé, comme le faisait ma sœur cadette juste avant les moissons, quand de belles amandes farineuses culminent à la pointe de l'été. Chaque fois que je la voyais disparaître je lui enviais son insouciance. Je me demandais ce qu'elle pouvait bien faire pendant des heures, quand je demeurais moi un point fixe entre les cloisons du jardin, barrières chancelantes ou barbelés, offerte depuis ma chaise longue à la vue des tracteurs passant régulièrement à vive allure sur le chemin goudronné qui s'enterrait au loin dans la plaine. Je tenais toujours un livre entre les mains, dans ma prime jeunesse, les romans policiers d'Agatha Christie emportaient mes faveurs, la mort y était une farce. Ses ouvrages peuplaient les étagères du salon aux côtés de la suite romanesque d'Henri Troyat, *Les Semailles et les Moissons*, avec ses descriptions grandeur nature. Quelques auteurs régionaux complétaient les rayonnages, ils racontaient ce pays de terre, de miel et de labeur.

Les champs communiquaient entre eux, souvent s'égaraient en broussailles, il existait des passages, je les connaissais autrefois, avec les coins à champignons, les girolles près des hêtres dans la mousse des bois. Ils dominaient la campagne avec les châtaigniers à l'ombre desquels je m'abritais pendant les fortes chaleurs. Il faudrait que je parte un jour avec ma sœur, que j'en aie le courage. Le chemin de la mer ici était bien différent. On ne connaissait pas l'isolement. Il y avait toujours des promeneurs, des cyclistes, des chiens, et il était aisé de voir si quelqu'un arrivait au loin. Pour l'instant, j'avais renoncé à cet abandon, ces promenades, ces élans spontanés qui ne se doutaient de rien. Mais ce fantasme de nature retrouvée demeurait, lui, bien vivace.

Parfois, il m'arrive de chercher à retracer au plus précis la soirée telle qu'elle s'est déroulée la veille des faits. Pour rattraper ce qu'il y a de vie, de moi. Il pleut, ça je le sais parce que je me revois descendre les marches de la gare et elles sont mouillées, c'est une certitude, les bords glissants. Je fais quelques enjambées jusqu'au trottoir opposé, qui se déroule sur toute la longueur de la rue, elle s'appelle Saint-Nicolas, parallèle à la rue d'Achères que je n'emprunte pas et que je ne saurais pas reconnaître. La rue Saint-Nicolas est une de ces rues anonymes avec une succession de pavillons dont les toits, qui dépassent çà et là, forment un ensemble irrégulier mais uniforme. Le revêtement de la chaussée est rose. Des câbles électriques, des pancartes de circulation, des grilles et des portails, c'est toujours la même chose jusqu'au bout de la rue. Un bar PMU porte le nom de « L'Éperon » et on y vend des journaux. Je passe devant une boulangerie fermée. C'est la nuit, il pleut dans le halo des lampadaires, il n'y a rien à remarquer dans cette soirée d'hiver, aucun souvenir à sauver. Des chaises très petites sont installées sur un tapis aux motifs ethniques dans la maison de mon père. Elles ne sont pas destinées aux enfants, l'assise est robuste, elles supportent le poids d'un adulte mais sont assez peu hospitalières. Je me suis assise sur l'une d'entre elles, mes cheveux très longs vers le sol, humides, les genoux pointus sous le menton. Nous dînons. Sur la grande table en bois, près de la fenêtre donnant sur la terrasse qui descend au jardin. Un jardin tout en longueur qui fait penser aux jardins ouvriers du nord de la France à cause de la forme très rectangulaire et des murs qui l'entourent. De l'autre côté du mur, il y a un autre jardin, et au-delà de ce jardin, la forêt. Quelques mètres, moins de dix. Une pensée vient, au cours du repas, que je pourrais avoir froid tout là-haut, sous les toits. Mon père monte allumer les radiateurs mais c'est sans effet immédiat. Il faut attendre longtemps pour que je me réchauffe. Le lointain du sommeil. J'ai besoin de repos. Cette fatigue immense. Quarante-cinq kilos de fatigue. Je monte l'escalier. Je me glisse dans les draps glacés. On verra bien demain, si la fatigue est toujours là. J'ai dit avant de me coucher que j'irais pédaler dans la forêt. Mon père me promet de préparer le vélo pour moi, avant son départ le matin très tôt.

L'avant-veille du procès, je reçois un appel de mon avocate. Elle vient d'avoir l'idée de projeter une photographie datant de l'époque des événements pendant l'audience. Pour me rendre « plus réelle ». Je ne crois pas avoir en ma possession des clichés de cette époque. Elle me dit qu'ils existent, qu'ils figurent dans le dossier. Certains d'entre eux ont été pris « le jour même ». Cette séance n'a pas laissé plus de trace que le cri. Et au lieu de réactualiser un souvenir, la découverte de ces images m'en dépossède. Comme si tout cela était arrivé à quelqu'un d'autre et que je cherchais aujourd'hui à me faire passer pour cette personne. Je les observe néanmoins avec attention. Il est inscrit « Procédure DCPJ/OCRVP » puis une série de chiffres et « investigations victimes ». Traduire Direction centrale de la police judiciaire, Office central pour la répression des violences aux personnes. Je m'étais enfin débarrassée du titre de victime pour le troquer contre celui, bien plus acceptable, de « partie civile », qui transforme dans le même temps la représentation qu'on peut se faire de soi-même.

Les clichés n° 3 et 3bis sont portés à ma connaissance. J'ignore s'il en existe d'autres. Je n'ai pas posé la question. J'apparais en gros plan, emmitouflée jusqu'au menton dans un épais pull à col roulé blanc. Je me reconnais à peine. Comme si mon visage était crypté. Méconnaissable. Un peu arrogant. Ma tête de fait divers. Et ce sourire qui n'a rien à faire là. Une partie du profil droit dans l'obscurité. C'est une image obscène. À cause de ce sourire et du regard bas. J'observe une étrange boursouflure au niveau des arcades sourcilières. Cela provient de la douche de lumière et des ombres creusées. Comme ces vieilles femmes alcooliques. Les joues pleines venues de l'enfance. L'autre photographie est en pied. Le petit sac en cuir que je portais à cette époque-là est dissimulé par ma main droite. Un blouson à carreaux, un pantalon bleu marine. Quelque chose de déséquilibré dans la silhouette en raison sûrement de l'épaisseur du pull qui contraste avec l'étroitesse des hanches. Le bas de l'image est trop sombre pour distinguer les chaussures.

Je préviens que je ne pourrai pas me déplacer, j'ai produit au moins trois certificats pour dire que je ne viendrais pas, que c'est impossible.

Qu'on me dise que je manque de courage. Que je me débine. Que je suis lâche. Cela m'est égal. Plusieurs fois, on m'a soufflé : « Êtes-vous sûre de ne pas vouloir aller jusqu'au au bout ? » Je me suis interrogée sur ce fameux

« bout » dont tout le monde parlait si souvent pour un oui pour un non, une focale qui se rétrécit comme l'esprit parfois quand il n'a plus d'autre recours pour penser. Qu'on se le dise une bonne fois pour toutes. Je ne viens pas pour obtenir « réparation ». Toute idée de réparation est complètement fictive. On se contentera d'une reconnaissance de la douleur. C'est déjà bien. Il m'est arrivé de penser que la douleur surmontée priverait de cette reconnaissance. Provoquerait un odieux « finalement ce n'était pas si grave », comme si la peine se mesurait au poids des larmes versées. Je n'ai pas pleuré. Rien d'héroïque. Ce n'est pas venu, c'est tout.

Mon avocate choisit un autre portrait pour l'audience, issu de ma collection personnelle. Encore un élément dont je découvre, à rebours, l'existence. J'apparais de trois quarts, avec un pull rouge. Cela ne me revient pas, malgré la précision qu'elle s'efforce d'obtenir dans ses descriptions. La photo est datée du vingt-huit novembre 2004. J'ignore comment elle s'est trouvée entre les mains de la justice. Si je l'ai transmise à l'époque, ou si quelqu'un l'a fait pour moi. D'autant plus étrange qu'elle ne m'a été envoyée que huit ans plus tard, j'ai revérifié, c'était en 2012. Mais je ne suis plus à une incohérence près. Elle avait été prise par un photographe amateur dans les salons de l'hôtel de ville, à l'occasion d'un événement littéraire. Je m'étais trouvée par hasard dans son objectif, aux côtés d'un auteur à succès qu'on venait de me présenter. J'apparais confiante et sereine. Je pouvais l'être. La vie se présentait bien. À présent, je ne peux m'empêcher d'y voir autre chose. Cette envie d'être heureuse très intense qu'il me faudra pour retrouver cette confiance-là, lumineuse sur la photo. Ce sourire tranquille.

La photo porte le n° 5 et elle a été recadrée sur mon seul visage. On ne distingue ni mes voisins, ni le magazine que je tiens entre les mains. Un numéro spécial du *Figaro* sur Napoléon. Il y avait cette exposition au Louvre. On voyait des affiches quatre par trois dans le métro. *Le Sacre*, David. J'ai retenu ça. Cette grande exposition que je ne suis pas allée voir.

J'ai commencé à douter. À rassembler mes souvenirs comme les miettes d'un festin pour reconstituer l'ensemble de la fresque, extérieur jour, forêt de banlieue. Extérieur nuit, Paris, les trottoirs peu éclairés de l'avenue Mozart, les petites sœurs de l'Assomption, habits mauves et foulards gris bleuté, dans une procession silencieuse, comme la ville ce soir-là. L'obscurité tombée sous mes paupières, dans la chambre, vue sur jardin clos, les arbres qui rejoindront bientôt la masse sombre de la nuit et ses pensées inquiètes. Les grilles, le terre-plein, l'ombre statique des drapeaux par une nuit sans vent.

Quelques marches, une porte, puis des escaliers, d'autres encore, des couloirs, ma vie, telle qu'en elle-même. Retrouver dans le dédale des étages mes coordonnées géographiques, une piste fantôme. Mon père m'avait dit au sujet d'un rêve qu'il avait fait la veille de mon départ en forêt : « C'était toi et plus vraiment toi. Tu étais une petite fille avec ton visage de maintenant. » Curieux présage. Je n'ai jamais cru aux oracles. À l'instinct davantage. C'était donc moi sans être moi. C'était le monde, semblable en tout point, méconnaissable. Ce monde frappé d'un nouveau regard, ni triste, ni apitoyé, ce qui aurait rendu cette déformation passagère, non, ce retour célébrait d'impossibles retrouvailles. Les lieux, les objets, les décors étaient vidés de leur familiarité. Un vase bleu sur une cheminée, un fauteuil adossé au mur d'une chambre, un rideau que l'on tire le soir ou le matin. Les perspectives des villes ne rejoignent plus aucun récit. C'était le règne de l'étrange. Un peu comme vivre dans une maison hantée. C'est une forme d'occupation. De l'espace, de l'esprit.

Nous étions lundi. Mon réveil sonna à six heures trente. J'ai basculé mes pieds au sol, bien parallèles, j'ai pris appui sur mes jambes et j'ai traversé l'espace encore silencieux des couloirs du troisième étage impair, une serviette sous le bras, en me dirigeant vers les douches. J'avais conservé cette habitude de l'internat. À cette heure-ci, j'étais certaine d'avoir de l'eau chaude. J'ai enfilé un jean, ma chemise à lavallière, j'ai attrapé mon sac prêt depuis la veille et je suis descendue au réfectoire où étaient déjà attablées quelques camarade de classe. Jus d'orange concentré, thé noir, un quignon de pain, barquettes de beurre et de confitures, menu invariable. J'ai déposé mon plateau sur une des places vacantes à leur table et nous avons échangé sur les banalités du week-end. J'ai dit que j'étais partie à La Rochelle, qu'il avait fait « plutôt beau ». Le mouvement, comme le dialogue, n'était habité d'aucun but, sinon celui de sa propre répétition. En arrivant en cours, j'ai transmis à mon professeur d'histoire une lettre écrite par mon père, et qui justifiait mon absence du vendredi. Nous l'avions préparée ensemble. Je lui avais donné pour consigne de ne « surtout rien dire ». De toute façon, lui, ne savait pas. Ou si peu. J'avais été un peu secouée, pas de quoi s'affoler. Je ne l'avais pas contredit. Je m'étais surtout octroyé la liberté de pédaler dans la forêt, au lieu de rédiger une dissertation de cinq heures. Ça ne se dit pas. Je m'étais, je crois, amplement acquittée de cette faute pour moi-même.

Le lendemain, alors que je remontais la rue Monge, en arrivant à hauteur du bistrot qui faisait l'angle de la place, Mentalo m'a téléphoné. Il avait obtenu les résultats des tests ADN. Il m'a présenté cela comme une nouvelle importante : « On ne peut pas dire qui c'est, mais on peut dire qui c'est pas. »

« Je peux vous faire gagner du temps et soustraire toute l'humanité moins un de vos calculs », j'ai répondu avant de raccrocher sec. Cela ne m'arrivait jamais. Je conservais toujours mon sang-froid. Mais cette fois, c'était trop absurde. Il y a des jours comme ça, sans savoir pourquoi, on perd son sens de l'humour. Chaque fois que je suis retournée place Monge, j'ai repensé à cet épisode. Bien sûr, si je n'avais pas pris de bain, on aurait obtenu un génome complet et il n'y aurait jamais eu cette phrase. On ne m'avait pas prévenue pour le bain. On ne prévient pas dans ces cas-là qu'il faut penser à avoir du bon sens.

C'était comme une battue sans armes. Ou alors, à la ceinture. Je ne les ai pas vues. Le couteau avec lequel on m'a menacée non plus, je ne l'ai pas vu. Pourtant, j'éprouve la lame froide et cinglante, à moins que ce ne soit la pluie, tombée dru sur mes mains glacées. Ça doit ressembler à cela, la sensation d'un coup de couteau. Nous étions cinq. Mentalo devant, les quatre autres derrière. Moi parmi les quatre. Je l'orientais : « à gauche », « à droite », « demi-tour », « par ici ». Nous avancions très lentement. Appuis marqués, genoux fléchis, curieuse chorégraphie de la traque. Manquait la corne ou le clairon. Il avait cessé de pleuvoir tout récemment. Juste avant notre entrée dans le bois. Un des officiers portait un réflex numérique autour du cou. C'était une femme. Impénétrable. Elle s'arrêtait pour prendre des photos de l'itinéraire que j'avais suivi. Les photos, que mon avocate m'a récemment présentées, celles du sentier sombre et sinueux. Je me demandais comment j'avais eu l'idée de m'y engager. Quelles preuves cette forêt désolée par l'hiver avait-elle encore à offrir? Mentalo accéléra le pas. Régulièrement, il était en proie à des épiphanies. « Arrêtez-vous ! » hurlait-il, avec l'aplomb d'un lieutenant-colonel menant son bataillon d'infanterie. Ses hommes observaient le silence et restaient concentrés, si bien que j'étais incapable de savoir s'ils prenaient ce jeu de piste au sérieux. Ils en avaient l'air. Leurs visages restaient muets. Je leur enviais cette neutralité. Au mieux, je pouvais deviner que depuis notre entrée dans les bois, ils étaient gagnés par une forme de somnolence, encouragée par cette marche à pas ouatés et la brume piégée par les arbres qui nous encerclait. Pour ma part, je traversais ces lieux avec une distance ironique qui me prêtait parfois à sourire.

Mentalo se pencha au sol, traça un cercle avec l'extrémité d'un bâton, nous somma de ne toucher à rien et se lança dans un examen approfondi de la zone. Il préleva ensuite scrupuleusement un bout de terre, croyant reconnaître les traces de pas du suspect quand c'étaient ses propres empreintes.

C'était bien la première fois que je participais à une traque vaine et sans objet. Nul ne pouvait raisonnablement douter de l'issue de cette expédition, ce qui renforçait à mes yeux son mystère. Pour moi il s'agissait davantage d'un constat. Constater que ce lieu existait bien. Confirmer que sa physionomie s'accordait avec les détails de ma version.

Nous atteignîmes le sentier. Je m'étonnai de le découvrir si proche de l'entrée du bois, si proche de la ville, même si, dans une forêt, rien n'était proche de rien. Mentalo semblait en proie à cette inversion des repères dans les ramifications du végétal. La photo du château d'eau a dû être prise ici, depuis le tas de pierres. Près du fossé. De là on voit bien le mur qui s'élève, les maisons juste derrière et le réservoir en arrière-plan. Ce décor ne m'inspirait aucun sentiment. Mentalo se retourna vers moi et m'adressa un petit coup sur l'avant bras, « Ça va aller ». Je me retins d'être malpolie. Il attendit une réaction, étonné qu'elle ne vienne pas. Les yeux, il aurait fallu y jeter l'imploration et les larmes, mais je n'avais pas le goût de l'emphase. J'ai toujours lutté contre ça. J'ai consommé davantage d'énergie à ne pas inspirer de la pitié qu'à lutter contre mon propre mal.

Il était à présent absorbé par une découverte. J'étais moi-même curieuse de voir ce qu'il avait dégoté. Il se pencha et pointa son index en direction de ce qu'il nommait un « dépôt », sur une feuille. Il réclamait photo et prélèvement. « Chef, sauf votre respect, il semblerait que ce soit une déjection d'oiseau. »

Il insista pour ne pas perdre la face. Je comprenais son insistance bien que cette obstination ne l'invalide encore davantage. Je l'aurais presque remercié d'avoir invité la drôlerie dans ce décor.

« Vous savez, me dit Mentalo, dégrisé à la sortie du bois, si on ne le retrouve pas dans l'heure qui suit, les probabilités de lui mettre la main dessus sont très faibles. Ou alors, il faut un sacré coup de chance. »

La chance, ce rejeton du hasard. Précieux allié des enquêteurs. Et en même temps, faux ami qui se moquait d'eux, rendait obsolètes des années ou des mois d'un travail acharné à suivre des pistes, gratter la vérité dans les ornières, soulever le mauvais lièvre, s'égarer en conjectures, calculs de probabilités, analyses savantes. Et voilà que le hasard triomphant leur riait au nez. Aucune des théories de Mentalo n'avait tenu. L'homme, selon lui, travaillait dans l'élagage forestier. À cause de cette odeur de fougère et de mousse des bois transportée par ses mains, et les chaussures de chantier qu'il avait aux pieds. Ma description était très précise sur ce point : couleur blé, œillets en métal, semelle épaisse, logo sur les flancs. Ils avaient écumé toutes les entreprises des environs. Cela n'avait rien donné.

Puis des recoupements avaient été opérés avec des affaires similaires dans les départements voisins et le dossier avait échappé à notre capitaine pour être transféré à une autorité plus compétente. Cela faisait longtemps que je n'avais plus entendu parler de lui.

Les éléments de l'enquête n'étant pas concluants, j'ai reçu deux ou trois ans plus tard un courrier à mon domicile m'informant du classement sans suite de ma plainte. Jusqu'à ce que le hasard s'en mêle.

Mais avant cela, ils me firent revenir au commissariat. La nature, en route vers le beau temps, et moi, dans ce sempiternel train au départ de Saint-Lazare. La gare ne désemplissait pas en ces jours de congés d'avril et d'affluence vers la Normandie. Les trains à destination de Deauville-Trouville affichaient complet voie 26 et moi, voie de garage vers la banlieue. Les couples neufs tout juste sortis de l'hiver et les familles avec de très jeunes enfants avançaient le cœur léger vers leurs voitures, bientôt mon tour, je me répétais, bientôt mon tour.

D'autres affaires, semblait-il, ressemblaient à la mienne. Une histoire de parking à Cergy. Une autre à Éragny, un chemin isolé, type sous-bois. On a aussi évoqué Osny. J'avais regardé sur une carte avant mon départ. Comme si moi aussi je quittais Paris pour une partie de campagne, à l'image de tous ces gens enivrés par la nouvelle saison. Osny donc. À la frontière du Val-d'Oise et des Yvelines. L'entrée sud du Vexin. Dans un méandre de la boucle de l'Oise. Une zone rurale. Les vallons, les cours d'eau, le golf de Courdimanche, l'Aubette de Meulan, les blés couchés par le vent, les fermes, les vergers, la vie des champs et la nature célébrée des toiles impressionnistes. Au lieu de cela, on m'imposait des visions de souterrains mal éclairés. Les enquêteurs avaient identifié le même mode opératoire. La gourmette. Il réclamait de l'aide pour récupérer sa gourmette. Je n'ai jamais cru à l'existence de cette gourmette. Affaire dite du « violeur à la gourmette ». Ça pourrait être le titre d'un pastiche de film noir.

Nous commençâmes par la forme du visage. Large, arrondi. Nous avons recomposé l'ensemble, morceau par morceau. J'étais plutôt décontractée. Parler, ça allait. Je voulais aider. Bien faire. Je racontais une histoire comme j'aurais récité n'importe quelle histoire que j'aurais pu lire dans un livre. Avec le même détachement. La même acuité aussi. Le technicien de la police scientifique avait ouvert en deux une grande mallette noire. Ce n'était pas une mallette mais un ordinateur. Avec son logiciel très performant de portrait-robot. Le front, le nez, les lèvres, le système pileux. Rien d'humain. C'est comme un jeu. Inventé par un certain commissaire Chabot dans les années cinquante. On remonte un sourcil, on déplace une oreille et tout est à refaire. C'était un peu comme mes devoirs d'harmonie sur lesquels je passais des jours et parfois des nuits. On gommait une note, on résolvait une sensible, on traquait les quintes parallèles, et cela provoquait des problèmes en cascade, rien à faire, ça sonnait faux. Avant, je visais le sans-faute. Assez rapidement, mon ambition consisterait simplement à éviter les erreurs les plus graves. Je m'y prenais ici de la même manière.

La vérité d'un visage est soumise à des lois dont les règles ne s'enseignent pas. J'avais pensé qu'il ferait un dessin. Avec un papier et un crayon. Et qu'on affinerait. Il m'a demandé : « Qu'est-ce que vous vous êtes dit ? » À l'époque, je pouvais peut-être encore répondre à cette question. J'ai fermé les yeux et j'ai vu un ciel bleu d'hiver, un froid très pur et les routes couvertes de givre au petit matin. Le soleil qui blanchit les routes, une lumière qui crépite.

On passa les yeux en revue. Je choisis une paire « de type caucasien », pourtant c'était sûr, il ne venait pas du Daghestan, mais apparemment ça n'avait rien à voir. « Un peu plus espacés. » On recommença. Un signe distinctif ? J'évoquai une marque qui avait retenu mon attention. Une cicatrice. En réalité, elle n'existait pas. Je l'ai su quand j'ai revu son visage pour la deuxième fois, derrière la vitre sans tain d'une salle de la police judiciaire de Nanterre. C'était lui, sans la trace que j'avais inventée sur son visage.

Avant la parade d'identification du suspect, dans la « salle d'attente », où une psychologue nous proposait des biscuits, une jeune femme m'avait interpellée. « C'est vous le portrait-robot ? Je l'ai reconnu tout de suite. » Elle me félicita, j'étais fière d'avoir inventé une bobine aussi ressemblante. Je m'étais toujours doutée que j'étais un peu faussaire sur les bords.

Il faut dire que je l'avais bien regardé. Allongée sur le ventre, j'avais tourné la tête vers lui, et j'avais capturé tout ce que je pouvais, de l'ensemble et des détails, mes cervicales s'en souviennent. C'est là qu'il avait attrapé mes cheveux pour maintenir ma tête dans le sol. Une main épaisse et crispée sur mon crâne. Je ne crois pas qu'il était suffisamment intelligent pour comprendre la signification de ce regard. Non, au contraire, la raison pour laquelle il ne pouvait le soutenir était tout autre. Je crois qu'il lui faisait honte. Une honte épouvantable, la honte que seul le regard d'une mère pouvait inspirer. C'était pour lui insoutenable. Dans cet instant où il saisit ma tête pour s'en détourner de force, je réalisai que j'avais gagné. Je lui avais refilé la honte, je pouvais mourir tranquille.

Si cette année devait être une couleur, elle serait bleue. Celui qui tire vers le noir. Le bleu des nuits. Un bleu profond de *mi* mineur, couleur de la première sonate de Brahms pour violoncelle et piano. Son éternelle mélodie déroulée sur des mois, sur ma vie. Nous l'avions choisie avec Claire pour la jouer, plus tard, lors des concerts de midi qui se tenaient dans la salle polyvalente du lycée, cette même salle où la directrice nous avait accueillis, les hypokhâgne, en début d'année. Nous avions été affectés à nos classes, HK1, spécialité musique, j'ai tout de suite repéré Claire, son profil étrusque, ses grands cheveux noirs et son violoncelle. Je n'ai pas eu à insister longtemps pour Brahms. Les concerts étaient obligatoires. Nous aurions pu choisir la *Pavane* de Fauré ou la *Sonate* de Chopin. Quelque chose de plus simple. Plus immédiat. Qui tombait sous la main. Mais nous avions préféré l'ampleur de cette musique qui viendrait nous hanter, à partir d'une phrase, la première, jouée par Claire dans les profondeurs. Peut-être cette année devait-elle être vécue intensément jusqu'au bout. Il nous a fallu des mois. Les matins, dès l'aube. Les week-ends, parfois, Claire venait me rendre visite au foyer. Nous répétions dans la grande salle noire au bout du couloir qui desservait les salles d'étude dotées de petits pianos droits. Elle avait été baptisée salle François-Truffaut et je me disais que notre musique aurait pu accompagner quelques scènes de *La Peau douce*, celles dans le petit hôtel de Reims, par exemple, ça aurait rehaussé son cachet un peu minable et Françoise Dorléac l'aurait peut-être mieux supporté. Dans cette salle, nous étions longtemps tranquilles, seul le gardien nous rendait visite, il n'intervenait pas tout de suite, se glissait dans un coin et me rappelait qu'il était l'heure de rendre la clef. Je me rappelle son grand sourire dans l'obscurité. Je crois qu'il aimait bien nous entendre. Un jour, nous sommes allées au foyer des musiciens de Nanterre aujourd'hui promis à la démolition, une élève de l'École normale de musique que je ne connaissais pas nous avait mis son studio à disposition (les circonstances de cette visite m'échappent), et je m'étais dit que je n'étais pas si mal tombée dans le seizième, même si cet atoll de banlieue avait dû avoir son charme un jour, avec ses façades blanches et ses terrasses qui s'étagent comme dans les village andalous des Alpujarras ou de l'Atlas marocain. À partir du mois de février rien d'autre ne comptait plus que cette sonate. Le gardien se glissait toujours dans la salle mais renonçait à m'interrompre. Devinant un public dans mon dos, je m'appliquais encore davantage. Ma vie se jouait moins dans cette année scolaire dans laquelle pourtant j'avais misé ces trois dernières années que dans les premières mesures de cette sonate, les accords pleins du piano, leur marche tranquille vers le drame, et ce *mi* introductif du violoncelle, puissant, irréel, une note qui fait trembler les murs des vieux royaumes, et au diable les concours. Que dis-je, LE concours. Qu'on ne nommait jamais. Les professeurs se contentaient de dire « untel a intégré ». Si je suis aujourd'hui incapable d'écouter à nouveau cette musique, je saurais me représenter mentalement chacune de ses inflexions, et même, les sensations physiques du contact avec le clavier, pas n'importe lequel, celui du piano droit de la classe de musique, et avec elles la morgue de mon professeur, faisant mine de ne pas nous entendre, rangeant ses dossiers avant le début des cours, les applaudissements des élèves de khâgne aux fenêtres, qui étaient montés sur les bancs, notre fierté ce jour-là, suivie de cette annonce, « pas de concert pour vous », notre désarroi, le mien encore plus vif, cette décision prise le soir même de quitter Paris pour pédaler dans la forêt. J'ai d'abord tenu mon professeur pour responsable de ce qui allait suivre. Sa sentence comme la cause première sans jamais savoir si elle était finie ou infinie, comme cette musique.

Le lendemain, sur les coups de dix-sept heures, j'étais seule dans une voiture, j'ai appelé Claire et je lui ai tout raconté, comme ça, d'une traite, sous-entendu « si la vieille bique nous avait laissées jouer, tout cela ne serait pas arrivé ». Pourtant, la vieille bique en question avait écrit ce message sibyllin en fin d'année, sur mon bulletin scolaire : « N'a pas pu donner toute sa mesure suite à des problèmes de santé. » Avais-je jamais évoqué des « problèmes de santé » ? L'année suivante, elle m'avait même téléphoné. Je traversais le jardin des Tuileries côté Seine qui scintille, en direction de la Concorde, « comment allez-vous, que faites-vous cette année », l'eau avait coulé sous les ponts, laissant Saint-Michel à des années-lumière, à hauteur du port de Solférino, tout allait très bien merci. Voilà que je me rappelle avoir été en colère. Après elle. Ça me rassure. Que la colère m'ait traversée un jour et surtout qu'elle ne soit pas revenue.

Je n'ai par contre jamais cessé de m'interroger sur l'existence de cette cause première. Sur la lente et minutieuse élaboration qui s'était mise en place à mon insu. Cette succession de menus accidents aux effets insignifiants mais suffisamment nombreux pour faire naître un désir et lui donner une force péremptoire dans un instant crucial : pédaler dans la forêt. Si on m'avait déconseillé l'accès à la forêt, si je n'avais pas choisi Brahms, si je m'étais accommodée du foyer comme tout le monde, si l'ensemble de règles et de contraintes de cet établissement m'étaient moins insupportables, si je n'avais pas quitté le domicile familial à l'âge de quatorze ans, si je n'avais pas connu si tôt ce vertige d'être libre, si j'avais suivi ma scolarité comme c'était prévu au lycée Les Pierres-Vives à Carrières-sur-Seine au lieu de ficher le camp sur la côte atlantique. J'avais quitté la vie pour laquelle j'étais programmée. J'avais pourtant eu cette intuition, l'année du bac, que Nantes serait préférable à Paris. Je visualise encore la scène : mon deux-pièces du centre-ville de La Rochelle baigné d'un soleil de juin, la voix de Louis Bozon dans le poste de radio posé sur le grand frigidaire toujours vide, moi installée face à ma table, formulant mes vœux en toutes lettres sur mon dossier d'inscription, avec en premier choix cet établissement parisien dont on me vantait le prestige. Cette hésitation. Mon intuition penchait pour Nantes. Guist'hau. Ciné-Sup à Guist'hau. Mais j'ai écrit Paris. Super banco. C'était mieux Paris, on me disait. Plus d'opportunités à Paris. J'ai été reçue. Peu de temps après, j'ai appris un détail qui m'a troublée : parmi mes camarades, j'étais la seule à ne pas avoir passé les tests propres à ma spécialité. Jamais je n'aurais dû intégrer cet établissement. Il s'agissait forcément d'une erreur. Depuis le début. D'une succession d'erreurs. Cette chambre insalubre que j'ai dû quitter précipitamment en septembre. Cet appartement temporaire de la rue Maurice-Ripoche. Parfois rien ne se passe comme prévu. Ou alors je n'ai pas su voir cet archipel de signaux qui m'indiquaient que je faisais fausse route. Qu'à trop forcer le destin il vous rattrape à son tour.

Nous avions finalement joué notre sonate à la fin de l'année, au théâtre Silvia Monfort, à l'époque, il portait ce nom-là. Comédienne au cours de la deuxième moitié du vingtième siècle, elle était fervente militante du théâtre populaire, elle avait été la Chimène de Gérard Philipe et était surtout connue pour ses nombreuses incarnations de Phèdre dont elle disait : « L'aborder c'est prendre son mal. » Un jour, elle est passée à travers la verrière du studio des Champs-Élysées. Après cette chute accidentelle de sept mètres, elle s'est mise à écrire. Le théâtre qui portait son nom était de forme pyramidale, j'avais déjà repéré sa silhouette pointue, quand je me rendais au marché du livre ancien du square Georges-Brassens, j'y avais déniché de vieux ouvrages de Simone de Beauvoir et une lithographie sans valeur qui représentait un paysage lacustre, égarée depuis. Je n'avais rien accroché aux murs de la chambre du foyer, pour achever de me convaincre que je n'étais que de passage.

C'était un jour de grand vent, nous répétions les airs de la chorale à l'extérieur, les partitions s'envolaient, on rencontrait des difficultés pour acheminer la harpe du camion à la scène, tout le monde s'affairait en tous sens, le public arrivait, les parents étaient là.

Nous attendions avec Claire dans la loge. Notre professeur entra, se posta devant le miroir, ajouta à l'aide d'un épais pinceau une nouvelle couche de maquillage à ses yeux déjà écrasés de mascara, nous regarda à travers le miroir et souffla : « Qu'elles sont belles ces filles. » Nous échangeâmes avec mon amie un regard convenu avant de monter sur scène. Cette phrase sonnait comme des excuses mais elles arrivaient trop tard. Non pas que je nourrisse une quelconque rancune. Au contraire. Elles sombraient dans mon indifférence.

Le jour m'avait tirée du lit de bonne heure. J'étais partie sans un bruit pour préserver la pureté du silence matinal. Peu d'occasions m'étaient données d'éprouver cette quiétude propre à l'éclosion du jour. Ce frisson de l'aube m'aidait à mieux supporter l'arrivée de l'obscurité. Les rideaux de fer du « Balto », un des derniers rades populaires du quartier, étaient baissés. De l'autre côté des murs de la garde républicaine s'échappaient l'odeur du fumier et le bruit du fer qui cognait sur les pavés. Le ciel était d'un bleu électrique. Personne sur les trottoirs, j'avançais d'un pas serein avec le sentiment d'avoir l'avantage sur l'armée de travailleurs encore retenue par le sommeil. Sur tout ceux qui ignoraient cette poésie que la ville récitait pour moi seule. Rien ne me retenait. J'étais libre. J'avais déjoué tous les pronostics familiaux, qui me plaçaient dans les cercles d'élection les plus prestigieux au terme d'une trajectoire qui devait passer par Sciences politiques ou l'École normale supérieure. Je n'en étais pas au premier malentendu avec mon nom. Ils n'auraient pas existé si je m'étais appelée Labrune, comme ma grand-mère, ce nom-là racontait une autre histoire, le bétail, les tilleuls, les hivers rigoureux, les moissons, les cerises à l'eau-de-vie, le dénuement d'une province qui s'est vidée progressivement de ses habitants pour ressembler au nom qu'on lui avait attribué : la Creuse. Comme la dent creuse de la France. « Tu ne devrais pas écrire sous ton nom » est une phrase que j'avais souvent entendue. Derrière quelle identité doit-on se cacher pour être autorisé à devenir enfin soi-même ? Je n'ai jamais eu envie, ni même songé à changer de nom. Sauf une fois. Lorsque je l'ai découvert en toutes lettres dans le dossier que m'avait tendu la juge d'instruction à la fin de l'audition. « Toutes les parties impliquées dans le procès y ont accès. » Même l'accusé. Cela m'avait giflée comme une insulte. Je lui ai demandé de confirmer l'impossible, « il a lu mon nom ? ». « Cela n'aura aucune conséquence. » On m'avait livrée. On m'avait transposée dans le langage. Un effet indescriptible. Un dégoût. Comme s'il m'avait possédée une seconde fois. Et voilà qu'on me brandissait aussi le sien, de nom, « Léonard Scarpa, né à Reims ». J'eus envie de disparaître.

J'avais gagné l'île Saint-Louis. Les plongeurs de la brigade fluviale étaient en plein exercice. Ils basculaient en arrière dans le fleuve depuis le zodiac qui flottait sur les eaux de la Seine à quelques mètres du quai Bourbon. C'était donc là qu'ils s'entraînaient. Ceux qui ramassent les cadavres engloutis, les armes jetées dans l'affolement, les animaux du jurassique, et contrarient les crimes parfaits.

C'est à cette heure matinale que le capitaine Dussert choisit de me contacter pour la première fois. Je n'avais plus reçu d'appel anonyme depuis sept ans. Jamais je n'avais pu obtenir un contact et mes interlocuteurs changeaient sans arrêt. Les enquêteurs sont comme ça, ils avancent masqués. Puis c'était mon choix de ne pas faire les démarches nécessaires pour accéder au dossier. J'avais consenti sans amertume au classement sans suite, à ce dénouement de l'histoire. Quand j'ai décroché, j'ai tout de suite compris qu'il ne s'agissait pas d'un démarcheur publicitaire qui m'appelait du Maghreb ou du Rajasthan. Cette fois, l'appel provenait de Cergy.

« J'aimerais vous auditionner au sujet de votre affaire. »

Mon « affaire ». Elle intéressait donc encore la police, finalement. Je repensais à ce que m'avait dit Mentalo. Il avait dû y avoir de nouvelles plaintes. Cergy. Des forêts partout autour de Cergy. Montmorency. Carnelle. Il devait habiter tout près de là. Dans un rayon de quelques kilomètres. « De nouveaux éléments nous ont permis de rouvrir l'enquête. » C'est donc ainsi qu'on désignait les victimes. « Nouveaux éléments. »

« Je n'ai rien de nouveau à ajouter, dis-je. Tout est écrit dans le procès-verbal. »

Elle insista. Me dit que les autres étaient injoignables. Ce détail retint bien davantage mon attention que les « nouveaux éléments ».

Elles s'étaient mariées, avaient peut-être changé de nom, d'adresse, de numéro de téléphone.

J'aurais préféré, comme les autres, demeurer introuvable

mais je n'avais pas ce talent. J'ai dit : « D'accord mais je ne raconterai rien une nouvelle fois. »

Nous convînmes d'une audition dans le quartier des Quinze-Vingts, au commissariat central du douzième arrondissement.

Le capitaine Dussert arriva au terme d'une longue attente. Entretemps, je m'étais enfoncée dans une nébuleuse temporelle. M'étais-je trompée de lieu ? Y avait-il d'autres postes de police avenue Daumesnil ? À moins qu'elle n'ait compris le commissariat du Mesnil, la petite ville où j'avais passé mon enfance.

C'était une petite femme blonde, à l'allure frêle, qui se déplaçait avec la discrétion d'un cervidé en zone de chasse, ce qui seyait mal à son grade de capitaine. Sans s'excuser pour son retard, elle me tendit une main ferme, « Capitaine Dussert », qui faisait mentir les apparences. Je la suivis jusqu'au troisième étage et nous nous installâmes dans la pièce mise à sa disposition, une table, deux chaises, une fenêtre, un ordinateur. Je ne sais plus si elle était accompagnée ou non. Tous les figurants de cette histoire ont été rendus au néant.

J'ai sûrement passé plus de temps avec le capitaine Dussert qu'avec Léonard Scarpa, trente-huit ans, né à Reims, et pourtant, je ne saurais décrire l'expression de cette femme, ni même les traits de son visage. Elle était du genre à se faire oublier. Cela devait faire partie de son métier. Elle m'expliqua qu'elle me présenterait trois planches avec plusieurs visages. Il suffisait de dire si l'un d'eux m'évoquait quelque chose. C'était simple. Un jeu de piste dans lequel on me présentait déjà la résolution de l'énigme. Qui étaient ces hommes ? Pourquoi avais-je affaire à un nouvel interlocuteur ? Pourquoi l'enquête avait-elle repris ? Pourquoi était-elle soudain transférée à Cergy-Pontoise ? « Nous avons une piste du côté d'Éragny. » Éragny, cette commune paisible et champêtre où Pissarro peignit les scènes de la vie familiale, le clocher et la cueillette des pommes. Les couleurs pures et les effets de lumière. Mais je devais confondre Éragny-sur-Oise et Éragny-sur-Epte, comme j'avais confondu Daumesnil et Le Mesnil, et les Dussert qui peuplaient les annuaires par centaines. La réalité devenait floue et interchangeable. Comme les photographies que je devais inspecter dans les moindres détails. L'un avait le visage bosselé, l'autre hâve, un autre encore un nez longiligne qui scindait le visage en deux parties asymétriques et créait un ensemble disgracieux. Je dis qu'on pouvait distinguer, en prenant les éléments séparés, quelques vagues ressemblances disparates mais rien de vraiment probant. Elle insista encore pour que je lui fournisse des détails exploitables, je devinais la déception de rentrer avec un rapport vide. Je flottais dans cet état abstrait que seule peut provoquer une concentration extrême, la vie comme un mirage, un jour sans extérieur, le printemps sur l'avenue Daumesnil ne pénétrant pas les forteresses de la pensée, et les marronniers de Paris en fleur, et les passants sur les rives du mois de mai à l'ombre des statues fixant les eaux de la Seine, et moi pétrifiée par tous ces regards qui ne m'évoquaient rien ni personne. Je finis par dire ce qui me passait par la tête, que c'était le même type de gars que le type de gauche, mais visiblement il y eut une confusion sur le mot « type », je voulais dire genre quand elle comprenait homme. J'ajoutai alors qu'il valait mieux laisser tomber cette histoire de type. Mais elle me pressa encore, douce et ferme, « c'est difficile d'isoler les morceaux de visage », je répondis. « Essayez, vous avez le droit de vous tromper. »

— Les proportions, les sourcils, le front, mais dans mon souvenir, il était plus évasé, cela ne peut donc vraisemblablement pas être lui parce qu'on ne peut pas maigrir du crâne, c'est juste pour donner une idée. »

Je rendis les planches. Elle les glissa dans son porte-documents.

« Il n'y a rien qui vous ait choquée ou qui aurait particulièrement attiré votre attention ?

— Non, rien.

— Vous n'avez pas remarqué une anomalie ?

— Une anomalie ?

— Sur toutes les photos que vous venez de voir, il s'agit d'un seul et même homme.

— Ce n'est pas possible ! » Je m'exclamai avant d'insister, sous la pression de je ne sais quelle curiosité toxique, pour revoir les planches. Elle me les tendit à nouveau et je les explorai, fascinée et horrifiée. Je ne reconnus pas davantage. Je lui demandai si c'était une blague mais elle n'avait pas l'air de plaisanter.

Je songeai à une mise en scène pour tester la qualité du témoin, son acuité, son sens de l'observation. Une magistrate m'avait raconté une séquence théorique, pendant ses études, au cours de laquelle on avait projeté aux étudiants une scène de crime. Les élèves étaient prévenus de ce qu'ils allaient voir. Un meurtre sur le parking d'un supermarché. Ils étaient attentifs. Ils savaient qu'un drame allait se produire. Ils avaient tout le loisir d'observer, confortablement installés, les détails de la scène, sans la confusion des émotions qui nous prennent par surprise. À la fin de la projection, une question leur a été posée : de quelle couleur était la voiture du fugitif ? La moitié penchait pour le gris, l'autre pour le jaune et quelques-uns ne se prononçaient pas.

Voilà de quoi douter sérieusement de ses propres capacités d'observation.

Je n'étais pas capable de reconnaître le même homme qui s'affichait sous mes yeux en de multiples avatars, comment pourrais-je reconnaître celui qui m'avait saisie avec la fulgurance d'un éclair ?

Non, peut-être reprenaient-ils le dossier depuis le début. Ils revérifiaient les faits. Ébranlaient leurs convictions et reconsidéraient la crédibilité des témoignages. Ils remettraient en question l'authenticité de mes propos et je devrais m'en défendre. Je devrais même aller jusqu'à prouver que je n'avais pas menti. Il avait bien vu, Mentalo, que je ne pouvais pas jouer la comédie ? Mais Mentalo était-il considéré parmi ses pairs ? Il n'était qu'un simple fonctionnaire qui aurait été jusqu'à s'accuser lui-même pour obtenir un avancement dans la hiérarchie. À l'heure qu'il était, il devait croupir dans son uniforme de sous-lieutenant à flairer la bonne affaire.

« On ne peut anticiper leur transformation physique. Il a pu prendre trente kilos, ou l'inverse, s'être fait pousser les cheveux ou la barbe. Certains ont même recours à la chirurgie esthétique. Vous changez la forme du nez, et vous n'avez plus la même tête », ajouta Dussert.

Cette intervention fit enfin taire mes angoisses. Je compris que je faisais fausse route. C'était juste un avertissement complice. Elle se montrait optimiste sans me donner d'espoir. C'était la parfaite zone de flou. Cet équilibre ténu que recherchent sûrement les médecins lorsqu'ils ont face à eux des patients à un stade critique de leur maladie, quand tout peut encore basculer dans un sens ou dans l'autre. Pour ma part, je savais que l'aboutissement de l'enquête n'aurait sûrement pour moi aucune conséquence. Je ne m'étais pas positionnée dans l'attente. Je ne nourrissais aucun espoir. J'accomplissais ma tâche, je me rendais à des convocations officielles. Quelle que soit l'issue de cette affaire, il n'y aurait pas de soulagement. À cause justement de cette absence d'espoir, qui n'avait rien du désespoir, mais ressemblait au détachement. Je me trompais.

En réalité, je serais soulagée. Pour ma fille. Un dingue de moins dans la nature. C'était toujours ça de pris.

« Quand je me suis retrouvée face à mon agresseur, je ne l'ai pas reconnu », me dit Dussert alors que nous étions sur le départ. Sa confidence jeta un trouble.

Peut-être savait-elle qu'on ne se reverrait plus et que c'était le moment ou jamais d'énoncer cette phrase qu'elle aurait aimé entendre, un jour, elle aussi. Pour se soustraire à cette culpabilité qui lestait son pas et lui donnait involontairement cette démarche d'animal traqué. Mais sur moi ces mots n'étaient d'aucun secours. Je ne pouvais réprimer un agacement vis-à-vis de tous ceux qui voulaient m'aider. Qui croyaient que j'avais besoin d'aide.

La ville me saisit dans sa lumière. Je marchais sur les trottoirs écrasés de soleil avec le sentiment d'avoir été engloutie par le temps. Je progressais dans ce même flottement, un pas de côté, puis un autre, je me décalais peu à peu du centre de gravité qui me renseignait sur l'extérieur, corrigeait mes trajets, équilibrait mes actions et m'accordait au monde avec toujours plus de rectitude. À défaut de plénitude. Je dérivais vers un rêve minéral, moi marchant sur le lit d'un fleuve dont on aurait dévié le cours, un lit de béton dans lequel s'écoulaient les jours qui me portaient vers une destination inconnue. Quelques végétaux rappelant le passage des eaux, un passant isolé, une surface blanchie, des silhouettes invisibles, une ombre portée se traînant à ma suite, indifférente aux aspérités du relief urbain, puis soudain un horizon dégagé, un grand plateau nu et circulaire, celui d'une place inclinée vers l'est, je penche moi aussi dans cette direction de tous les Everest, ascension du mois de mai, convection atmosphérique, levers de soleil, rédemptions, soulèvements de poitrine, tension du corps vers l'autre, poussée d'Archimède en plein cœur, ma trajectoire se cassa à l'angle d'une rue, j'y étais presque, je volais, extatique, vers l'absolu que je croyais reconnaître à travers lui. Lui, encore lui. Ouf, il me saisit à temps, avant la désintégration en particules à laquelle j'étais promise. Voilà le bonheur. Ça se résumait à cela. Une histoire pas du tout « convenable » qui déréglait soudain le mouvement mécanique définissant mon être depuis plus de dix ans et faisait dire à ceux qui m'entouraient que j'allais bien quand tout allait de travers. Je ne devais m'en prendre qu'à moi-même. Je les avais mis sur la voie. Je les avais incités à se fier aux apparences, pour ne rien révéler, j'avais tenu tous les records d'apnée. J'étais enfin capable de quitter cet asservissement. D'écouter cette voix nouvelle qui montait en moi. Une flamme tremblait encore, c'était bien la preuve je n'avais pas tout perdu *ce jour-là*. Il paraît que l'herbe repousse sur des sols irradiés, que des sourires s'accrochent aux visages qui ont connu le malheur, qu'on peut aimer encore.

Il me serrait. J'étais trop heureuse. Un trop-plein de bonheur. Il comprenait « trop peureuse ».

« Que puis-je faire pour que tu aies moins peur ? »

Je ris.

« Ça va passer », dis-je.

Le bonheur. On le sait bien, ça passe toujours.

« Embrasse-moi. »

Il obéit.

« Tu as toujours peur ?

— Je ne sais pas... Recommence pour voir ? »

Il s'allongea dans l'herbe. Ses yeux avaient bu le soleil. Ils me regardaient. Je lui disais de jolies choses que souvent il me faisait répéter. La portée de ma voix se limitait à ceux qui étaient tout près. Ceux qui voulaient bien m'entendre parler tout bas. C'était ainsi depuis l'enfance. On s'habituait à cet état, légèrement en dehors. Il me dit un jour que ma voix était comme de la porcelaine fêlée, qu'il y passerait bien un coup de polish.

Ses yeux roulaient comme l'été sur mes hanches. Il me faisait prendre l'air des Mentalo, Levêque et Duvivier qui me posaient trop de questions. Lui, n'en posait aucune. Il devait considérer que j'étais trop jeune pour avoir déjà une histoire. Un corps sans passé. Quand nous nous séparions, il insistait pour entendre encore, ma voix. On peut tomber amoureux d'une voix. Ça s'est passé comme ça entre nous. Sa voix sombre et régulière. Sans âge. Habillée d'un grand châle de nuit. M'offrant un abri ; mais on ne s'abrite pas à l'ombre d'un homme, on y trouve d'autres tempêtes. Je l'observai longuement et je vis qu'un jour il serait vieux pour moi. C'était près d'un kiosque à musique, à l'entrée d'un square. Vieillesse : effacement progressif des contours du visage jusqu'à sa dissolution complète.

Passion soluble.

Le présent sans avenir, c'était comme la mort. Il entendit « la mort » comme pour la première fois, comme si le mot était inventé. Je ne pouvais la vivre éternellement, il fallait me tourner vers la vie même si je la croyais beaucoup moins douce. Vers un sourire tout juste à ma portée, sans excédent.

Mais il n'empêche. On pouvait aimer. Après *ça*, on peut aimer, oui. La chair se souvient peut-être. Elle se souvient du désir aussi. Souvent même, elle sait tout cela avant nous.

Je n'entendis plus jamais parler du capitaine Dussert. Le temps passait. On attendait la récidive. Une aubaine. Les compteurs sont remis à zéro, on relance la procédure. On recoupe les affaires, on dégage le « mode opératoire », on travaille en réseau, on espère sans trop se l'avouer de nouvelles victimes pour faire avancer l'enquête. Il y a dans ce raisonnement une forme de défaite. J'ai croisé toutes sortes de flics, officiers, capitaines, commissaires, analystes comportementaux, petits fonctionnaires ou héros ordinaires. À chaque audition, ils réclamaient des faits. J'ai bâti une histoire. Organique, logique, avec une narration rigoureuse dans les enchaînements, ajustant mon discours aux intérêts de l'interlocuteur, ajoutant parfois des détails, peaufinant mes descriptions, ou au contraire, selon l'humeur, livrant une version sibylline de ma mésaventure quand la mémoire creusait des gouffres ou que je n'avais pas envie de coopérer. C'était devenu mécanique. Automatisme de la répétition, ma petite industrie tayloriste était florissante, j'étais devenue très performante dans le serrage de boulon.

Le roman bien fixé dans le grenier aux souvenirs. On m'accordait la plus grande confiance, on m'avait même hissée au rang de « témoin majeur ». Une promotion inespérée qui devait m'élever au-dessus des éléments de langage habituels qui caractérisaient les gens comme moi, avec, caracolant en tête du cortège, le mot « VICTIME » en majuscules. Hélas, on n'avait pas mieux. Mais l'ennui avec ce mot-là c'est qu'il a vite fait de borner l'individu à des représentations négatives et souvent erronées : la soumission, les sanglots, l'abattement, l'hystérie, le charbon de la dépression. Pour certains, la victime n'est qu'une représentation de la femme dans sa traduction hyperbolique.

Ça recommençait, les visages en série de photos. Par dizaines. Les plafonds bas des commissariats. Les pièces, aveugles ou exiguës, les halos mauves et violacés des yeux cernés. Les ambiances grisonnantes, les petites semaines de la vie courante. Les images des disparus, celles, insoutenables, des enfants, plus insoutenables encore, de leur visage artificiellement vieilli, des cris de leur mère qui n'arrivent pas jusqu'à nous.

Comme souvent, je n'avais rien compris. Ou peut-être pas cherché à comprendre. Je me rendis au même endroit. La police judiciaire de Nanterre. Je connaissais les lieux. Les gestes à faire. S'annoncer, présenter une pièce d'identité en échange d'un badge. Attendre qu'on vienne me chercher. Nous étions en pleine semaine. J'avais pris mon ordinateur pour m'avancer dans mon travail. Souvent j'attendais longtemps. Cette fois-ci un homme se montra rapidement. Je ne l'avais encore jamais vu. Il ressemblait au type qui m'avait interrogée rue Chauchat quelques années plus tôt. C'est lui qui avait parlé la veille sur mon répondeur. La première fois qu'on laissait un message. Et des coordonnées. Rappeler d'urgence.

Je m'attendais à ce qu'on me présente une nouvelle planche de photos. Au lieu de cela, on me conduisit dans une grande pièce où patientaient déjà plusieurs personnes. La procédure n'était pas habituelle. L'une, un peu plus âgée, portait un tee-shirt jaune. L'autre, accompagnée de sa mère, était beaucoup plus jeune. Dans les quinze ans.

Une dame d'une quarantaine d'années était assise à son bureau au fond de la pièce. Elle se présenta comme étant psychologue. « Je n'ai pas fermé l'œil de la nuit », me dit la mère de l'adolescente. Quelqu'un appela l'autre fille. « Vous serez la prochaine », me dit-on.

J'ouvris mon ordinateur. La fille en jaune revint en pleurs, son tee-shirt tout taché de larmes. Elle ne s'arrêtait plus. J'eus de la peine. Je me dis « c'est terrible ce qui lui arrive », j'eus envie de faire quelque chose, mais quoi ? Pas le temps de réagir, on vint me chercher à mon tour. Alors seulement je compris ce qui m'attendait, mais je restai dans le même état, niveau zéro de l'émotion. J'allais le voir. Nous étions plusieurs. Plusieurs policiers autour de moi. Nous entrâmes dans une salle obscure. On ne voyait rien. Une femme, dont le visage émergea de l'opacité, s'approcha de moi avec un large sourire, je lui souris en retour, « bonjour, enchantée » avant de le regretter amèrement quelques jours plus tard quand je réalisai qu'elle était l'avocate de la défense. Finalement, elle se dessaisira du dossier en découvrant l'atrocité de son contenu. Cette volte-face me rendit, à rebours, notre échange d'amabilités plus acceptable. On me demanda si j'étais prête, on saisit une télécommande à laquelle obéit un volet roulant qui découvrait un miroir sans tain. Une lumière crépusculaire se propagea dans la pièce. De l'autre côté du miroir, des hommes avec des numéros. Je m'approchai plus près. Je n'en croyais pas mes yeux. Il m'apparut d'un bloc tel un large monolithe taillé dans du granit avec une surface rugueuse et des saillies çà et là pour les orifices que le sculpteur aurait négligés d'un coup de maillet. La face de la misère, de l'effroi, de la désolation ne s'oublie pas. Numéro trois, dis-je sans hésiter. C'est lui. Pas de chirurgie esthétique, de déformation, de prise de poids. La même coupe de cheveux. La silhouette trapue. Le visage conforme. Sans âge. Ils refermèrent le volet roulant, petit tour de piste, et quand ils rouvrirent, les types avaient changé de place. Je le désignai à nouveau sans hésiter. Contrairement à ce qui était arrivé au capitaine Dussert, je l'identifiai tout de suite.

Dans les jours qui suivirent, je parvins difficilement à trouver le sommeil. Des migraines survenues brutalement me plongeaient dans un état de confusion. Souvent, mon corps me renseignait sur les aléas internes qui n'arrivaient à ma conscience que sous forme de dérèglements physiques. Cela devait être ce qu'on nommait les « stigmates ».

« Je pensais que vous ne viendriez pas. »

Le ton était calme, sans reproche.

La juge d'instruction devait avoir mon âge, à peine quelques années de plus, de longs cheveux noirs qu'elle attachait et détachait nerveusement.

Elle me demanda de confirmer certains détails. Je les confirmai.

Me posa des questions précises. À quel endroit de la forêt l'agression avait-elle eu lieu ?

Je lui racontai le mur couvert de lichen et de givre qui me séparait des maisons, je n'avais vu personne, une ombre, un rideau qui tremble, rien, moi non plus je ne tremblais pas, « tant pis foutu pour foutu », je me suis dit, et je me suis mise à parler en regardant le ciel hâve à travers les derniers rameaux qui se balançaient sous l'effet d'un vent placide, la paix à ces hauteurs, dans ce glissement imperceptible du temps, j'étais là-haut moi aussi, je n'éprouvais plus rien, je distinguais une voix pourtant, la mienne, comme un murmure lointain, qu'est-ce que je pouvais bien raconter ?

Je n'entendais pas tout depuis l'éther dans lequel je flottais, loin au-dessus de la confusion des corps et des jurons obscènes, dont je percevais vaguement quelques intonations, pourtant j'avais bien tout répété après à la police et quand on m'a forcée à relire ma déposition bien plus tard, je reconnaissais tout mais je ne me rappelais rien à part les menus détails que j'étais encore capable d'énoncer ici, par exemple, ce flot de paroles qui s'écoulait de ma personne, indifférent aux assauts, indifférent aux injures, au goût âcre et visqueux qui persistait dans ma bouche, à la veste à carreaux beaucoup trop grande que je portais et qui ne me tenait pas chaud.

Je parlais vite, ma pensée m'échappait et la juge reformulait mes phrases en ajoutant des verbes pour la greffière. Puis vint cette interrogation, sempiternelle : « Comment vous êtes-vous arrêtée ?

— Avancer, je ne pouvais plus », dis-je.

Je m'accroche encore aujourd'hui à cette vérité. C'est mon cap. Je n'ai jamais su si c'était la meilleure ou la pire des choses à faire.

« Je n'ai pas résisté "physiquement". Ça ne veut pas dire que... »

Elle m'interrompit : « Je sais. »

Elle savait, oui. Elle avait lu le dossier en entier. Les autres filles. Elle savait ce que moi j'ignorais. Ce qui s'était produit pour celles qui avaient résisté. Celles qui avaient essayé de s'enfuir.

« Me suis pas laissé faire », j'ajoutai.

Il me restait seulement les mots. Les siens étaient peu

nombreux à cause du manque d'éducation, j'ai su bien plus tard qu'il ne savait ni lire ni écrire, c'était flagrant, je ne dis pas ça parce que ça me dérange, le manque d'éducation, non, c'est qu'il fallait que je construise des phrases qui ressemblaient aux siennes, que j'utilise des mots qui ressemblaient aux siens, que je fasse semblant d'être un peu comme lui, pour négocier des conditions. Garder mon pull pour ne pas avoir froid. Et d'autres choses aussi que je ne dirai pas ici. Il ne fallait pas le dire n'importe comment. Ce n'était pas mon esprit qui me guidait. Cela venait d'en bas. Un tonnerre lointain. Une rumeur approchante. Ça c'est l'instinct. Toujours en avance sur la connaissance. À ne pas confondre avec l'intuition qui peut nous égarer.

« Vous avez bien fait de ne pas vous enfuir. Dans ces cas-là, il vaut mieux jouer la prudence. »

La prudence, oui, mais de quel côté est-elle ?

« On ne sait jamais ce qui peut arriver. Certains vont jusqu'à tuer. Quand vous êtes face au danger, vous ne savez rien. Tout est possible.

— Lui, il a tué ?

— Non.

— Si j'avais su que je ne risquais même pas ma vie ! »

J'appris différentes choses au cours de l'audience :

L'accusé agissait principalement dans la forêt de Poissy.

Il aurait, d'après ses affirmations, cessé toute activité criminelle depuis plusieurs années.

Il dit fréquenter à présent les prostituées pour soulager ses pulsions. (Et les putes, s'il ne les paye pas, c'est un viol ?)

Il se rappellerait une fille à vélo dans la forêt de Saint-Germain, et qu'elle lui plaisait.

C'était moi. Moi plaisant à ce type, ça me donnait la nausée.

Je dis : « Ça tombait bien. »

Une nouvelle question arriva. Une question à laquelle je ne pouvais pas répondre. La première qui ne m'avait encore jamais été posée. Que je ne m'étais jamais posée non plus. Celle des effets, de l'onde de choc, de sa propagation, de mon état psychique, douze ans plus tard, à trente et un ans.

« Vous allez être contactée pour une expertise psychologique. »

J'ai su tout de suite que je n'irais pas.

Elle poursuivit en me parlant du dédommagement. Je ne voulais pas d'argent, de *son* argent. On allait chiffrer une douleur qui était devenue incolore, inodore, abstraite. Mais comment distinguer ce qui procède de cet épisode ou simplement de la nostalgie d'une innocence perdue que connaissent tous ceux qui ont eu une enfance heureuse ? Ces espoirs déçus. Ces rêves qu'il faut retailler aux contours du réel, cette vie à laquelle il nous faut nous adapter et renoncer souvent. Nous sommes tous confrontés à cela. Moi pas plus qu'un autre.

Par une douce matinée de septembre, je longeais la gare d'Austerlitz depuis le boulevard en avalant, l'un après l'autre, des crocodiles en gélatine avec un plaisir enfantin. La température était encore dans le sillage du mois d'août, mais augmentée d'une douceur inconnue dans le vif de la saison. D'une légèreté aussi dans l'air, peu de voitures à l'horizon du boulevard de l'Hôpital qui n'est ni le plus beau ni le plus majestueux de la ville. Je marchais sous le viaduc aérien du métro, grisée par ce climat inattendu d'arrière-saison. Charme improvisé de Paris, midi moins le quart en été. J'avais un peu chaud sous mon jean et mon chemisier à fleurs, aussitôt acheté, aussitôt passé de mode. Un chemisier vaporeux à motifs floraux qui n'était jamais adapté au temps qu'il faisait mais que je m'efforçais de porter parfois, pour ne pas trop regretter cet achat. À l'extrémité du square, une porte massive, à peine notable quand on traverse le boulevard en ligne droite, indiquait l'entrée de l'hôpital. Le parc de la Hauteur se trouvait au-delà de l'église. Des dessins à la craie, une marelle, des fleurs, ce jour-là, non loin de l'hôtel à abeilles. J'identifiai de loin la silhouette de mon compagnon et celle de son ami, accidenté de la route, que je pensais ne pas reconnaître. Et pourtant, c'était bien lui. On l'avait tenu pour mort. Je m'approchais. Il nous racontait les exercices cognitifs pour entraîner la mémoire, l'attention, la perception, la coordination, le raisonnement. Et combien ces exercices l'éprouvaient. Il retira brièvement ses lunettes de soleil et dans la lumière que filtrait son œil encore valide, il y avait cette force de vie, cette gratitude d'être là. Parfois, j'éprouvais à mon tour cette gratitude.

Je surpris aussi ce courage, en le voyant retourner vers sa chambre, ce courage qui s'ignorait, ce courage mécanique, marcher, avancer, continuer.

Tandis qu'il nous détaillait les étapes de sa rééducation, je me demandais si quelqu'un avait déjà réfléchi à un programme pour les maux invisibles. Personne ne nous dit quel mouvement accomplir pour retrouver mobilité, dextérité, légèreté, insouciance. Il n'existait pas encore de protocole établi pour se débarrasser des souvenirs trop encombrants ou de la tentation de l'inertie. Il fallait se débattre. Ne pas trop attendre de soi. J'ai compris des années plus tard que c'était cela, l'humilité. Savoir s'arrêter pour reprendre son souffle. Connaître ses limites demande une forme d'indulgence vis-à-vis de soi-même. Apprendre à se contenter de soi. Et souvent, de peu de soi. Se frayer avec ce peu-là un chemin quelque part. Rejoindre un lieu, une couleur, un paysage. Pour moi, sans hésiter, Paris, intérieur jour, bleuté. Extérieur matin, place du Carrousel, face Tuileries. Tourner le dos aux patrouilles qui arpentent les places les plus connues à cause de la menace, les parvis de la capitale et les marches du Sacré-Cœur. Extérieur nuit, pont du Louvre, face rive gauche, lettres arc-en-ciel flottant dans l'air du soir, « WE ARE POEMS » le merveilleux surgi entre deux façades. Paris, ville ancienne, point du jour. Ses pluies de cristal. Les magasins, les rues, les Halles, les miniatures des passages couverts, les habits de cérémonie. Ses proportions parfaites. Assez petite pour être traversée à pied. Suffisamment grande pour s'y perdre.

À force, on finit par vivre comme tout le monde. Même si on garde nos petits récits intimes et secrets. Chacun invente ses propres remèdes. Par exemple, Schubert, quintette à deux violoncelles, avènement du possible. De retour chez moi, je l'écoutais en boucle. Sur le trajet, c'était une obsession. Il fallait que je l'entende à nouveau. La grâce des *pizzicatos* déposés sur une mélodie presque trop belle à entendre qu'elle en devenait douloureuse. *La Jeune Fille et la Mort*, aussi. Les ciels déchirés de bonté. Il existe cet élan dans la musique de Schubert. Qui donne le sentiment, venu des lointains, non pas que la vie m'appartient, mais que moi je lui appartiens à nouveau, qu'elle me reprend. Comme quand on aime pour la première fois. On regarde les autres et on se dit : « Ils ne savent pas. » On a envie de leur communiquer cette beauté-là. Cette chance, encore devant soi, de connaître.

Au fond, c'était une histoire impossible. Cet impossible qui nous touche rarement, « nous », faits de raison, de peu d'aventure, nous qui ne connaissons des jours que leur répétition, des villes les itinéraires connus, les mêmes lieux fréquentés, du réveil au sommeil, les émotions souvent familières. Aucune raison que cette routine soit affectée par un événement qui surviendrait, jaillirait dans cette vie si peu dangereuse. L'incidence : une sortie de piste. Aucune raison qu'un jour en vous réveillant vous sautiez dans un train au lieu de vous rendre au travail. Écart du seizième au huitième arrondissement, ce train attrapé au départ de Saint-Lazare puis quitté sur le quai d'une de ces gares anonymes de la banlieue parisienne. Ses escalators, menant à la passerelle vitrée tel un tunnel aspirant les voyageurs pressés d'en sortir, la rotative incessante des tourniquets du hall, ils allaient très vite, pris par un appel d'air, puis on rejoignait la plateforme extérieure, ses marches, de grandes dalles, une coulée de béton vers le trottoir, le quai en contrebas, derrière un grillage. Aucune raison que vous vous fassiez attraper dans un bois à l'heure du déjeuner, c'est le scénario du pire, c'est ce qui n'arrive jamais, même les statistiques vous le diront. Le plus souvent, il n'y a que la télévision pour vous parler de ces événements rarissimes, ces histoires satisfont les appétits morbides insatiables – la preuve, ces émissions prospèrent. J'avais autant de chances que ça m'arrive que de me faire percuter par une météorite au coin d'une rue. Pourtant, des événements de cette nature se produisent, par exemple Peekskill 1992, État de New York, la pierre extraterrestre est venue s'abîmer sur le flanc arrière d'une Chevrolet Malibu rouge, je l'avais vue, la voiture, exposée dans une vitrine de verre à l'extérieur du Muséum d'histoire naturelle, et quand on sait le prix auquel ces pierres se revendent, on peut dire que c'est la fortune tombée du ciel. Je n'avais pas pensé en voyant incrédule ce véhicule que le hasard malencontreux me saisirait moi aussi de plein fouet. D'ailleurs, lui aussi, Léonard Scarpa né à Reims, a été repêché par hasard, non pas sur un quai de gare comme l'avait prédit Mentalo, mais par un rapprochement inopiné avec un membre de sa famille qui n'avait rien à voir avec tout ça. Le type a été pincé à cause d'un air de ressemblance avec un cousin germain. Puis il a été délogé de son domicile où il vivait avec sa femme et son enfant, c'était du côté de Beaumont-sur-Oise, je crois me souvenir, des hectares de forêts alentour, des érables champêtres et des promeneurs à vélo qui n'ont jamais rien eu à signaler.

On pourra toujours me vanter la vie au grand air. Pas pour moi. Les villes ne sont pas très à la mode en ce moment. Mais pour rien au monde je ne quitterais mon îlot romantique du neuvième arrondissement, l'avenue Trudaine déroulée au pied de Montmartre, terrain de jeu idéal des enfants à trottinette ou zigzaguant sur leurs draisiennes vers le square d'Anvers et le carrousel de la place Ventura. Mon triangle d'or. Les amis qui viennent me rendre visite me disent souvent que cet endroit n'est « pas réel ». Ils ont raison, c'est justement pour cela que je l'ai choisi.

À ce stade de mon récit, un souvenir me revient. Cela devait être le mois de septembre 2003. J'étais en terminale. Le proviseur du lycée nous avait tous réunis dans l'amphithéâtre pour prononcer l'allocution de rentrée. Nous avions marqué une minute de silence pour Audrey, une élève du lycée. Elle avait été tuée puis violée, dans cet ordre-là, sur l'île de Ré, en pleine journée d'août, pendant la saison touristique, tout près de la foule du marché couvert de Saint-Martin, qu'elle venait de quitter après avoir vendu la production d'huîtres de ses parents. J'imagine les mains puissantes de son père ostréiculteur, des mains vigoureuses qui avaient dû labourer les mers, s'écorcher aux coquillages. Elle s'était engagée sur le chemin de terre du Vert Clos pour rentrer déjeuner et un type lui avait demandé l'heure. Ça cognait sous cinquante degrés, plein soleil, l'herbe brûlée de part et d'autre. En dirigeant le regard vers la côte, depuis le chemin, se dresse la silhouette des pins parasols. C'était tout près du Chaffaud, un autre chemin qui mène à la route des huîtres, puis la mer.

Chaque fois que j'entends ce mot-là, je ne peux pas m'empêcher de penser qu'on lui a décapité son « e ». Bien sûr, j'avais entendu parler de l'adolescente au cours des vacances. Mais je n'avais pas réalisé qu'elle était si proche, que nous fréquentions le même lycée du centre-ville. Ces choses-là, en principe, n'arrivent jamais.

Quand, au fond du bois, le type m'a demandé de l'aider à retrouver sa gourmette, j'ai tout de suite pensé au Chaffaud. J'ai pensé aussi que c'était peut-être le même type, qu'il allait m'enfoncer un chiffon au fond de la gorge.

Mais le meurtrier d'Audrey avait déjà été arrêté. Un saisonnier venu de banlieue parisienne pour travailler dans un café du port.

Son procès s'était révélé terrible pour la partie civile. On ne veut pas savoir, connaître, expliquer, réinjecter l'humanité, le langage, la pensée là où on ne peut voir que la cruauté d'un être donné à la vie pour la détruire. C'est pour cela que je n'assisterais pas aux audiences. Je ne voulais pas voir : un homme. Car forcément, il n'avait pas l'apparence monstrueuse de son crime. Et il n'était pas question que je fasse grâce à Léonard Scarpa né à Reims de ma présence. Que je lui laisse ne serait-ce que la possibilité de m'offrir une nouvelle fois à son regard. C'est pour cela que l'idée de la photo projetée me mettait si mal à l'aise.

Ma fenêtre offre une vue sur les toits en zinc, bleu, gris, blanc, ou rose en toile de fond, selon le degré du jour et de la saison. Paris prospère sous un ciel d'argent. Est-ce dans le même éclat grisé que Breton a croisé « les yeux de fougère » de Léona Delcourt, à quelques dizaines de mètres de là ? Léona dite Nadja, prénom qu'elle s'était choisi pour elle-même « parce que c'est le commencement du mot espérance et parce que ce n'en est que le commencement », cette Nadja avait fasciné la classe d'adolescents que nous étions l'année du bac. Et nous demeurions démunis devant la conclusion du récit : « La beauté sera convulsive ou ne sera pas. » Je n'avais pas, depuis, levé l'énigme.

J'ai rassemblé tous les documents, les convocations, l'avis de classement, les lettres, les ordonnances et attestations... Une dizaine de pages tout au plus pour établir douze ans d'enquête. Beaucoup plus dans le dossier qui circule entre les mains des juges, de l'avocat de la défense, des parties civiles, et bientôt des jurés. Ce dossier que je n'ai pas souhaité consulter. Lire les autres plaintes. Certaines ont dû lire la mienne. Certaines n'ont peut-être pas résisté à cette tentation de lire, comme moi, si je l'avais eu entre les mains. Pour voir si ça aurait pu être pire.

Le procès va durer deux semaines. Les avocates sont des femmes. Sauf pour la défense. Un homme. Seul contre toutes. Ce sera son argument. « Vous êtes dans le registre balance ton porc », dira-t-il à l'avocate générale à la pause de la première matinée d'audience. Tout le monde est là, deux exceptions. Une fille qui habite à l'étranger et moi. Certaines sont venues sans avocat. La présidente leur a conseillé de se rapprocher de ceux qui se trouvaient dans la salle. J'ai éprouvé de l'admiration et de l'empathie. Venir au tribunal ainsi, sans représentation. C'est comme se jeter dans la fosse aux lions.

D'abord, on expose les chefs d'accusation.

Agression sexuelle imposée à un mineur de quinze ans, viol, agression sexuelle, tentative de viol, viol commis sur mineur de quinze ans, agression sexuelle imposée à un mineur de quinze ans, viol, menace de mort avec obligation de remplir une condition, viol commis sous la menace d'une arme et arrestation, enlèvement, séquestration ou détention arbitraire suivi d'une libération avant le 7e jour.

Les psycho-criminologues se relaient à la barre.
J'ai chaque jour mon avocate au téléphone.

Je ne veux rien savoir. Je veux tout savoir.

Il a appris à lire en prison.

Il prend la parole pour un long monologue empreint de rédemption. S'excuse auprès de chacune des parties civiles. Se retourne vers elles, les regarde dans les yeux, demande pardon. Il paraît que c'est émouvant. Que ça fait de l'effet. Je ne veux pas entendre cette émotion. Je me répète : j'ai bien fait de ne pas venir.

Il n'existe pas. Je me fiche de savoir qui il est. De connaître son histoire. De savoir qu'il n'est pas fier de lui.

Le masque tombe dans la journée. Il se contredit. L'avocate générale souligne toutefois des accents de sincérité.

Les jeunes femmes présentes sont « marquées », me dit-on. Ce qu'elles ont vécu est visible physiquement. Je ne parviens pas à imaginer.

Est-ce que moi aussi, je porte ces traces ?

Ce doit être l'effet des assises.

On me dit : « Il ne s'attaque qu'aux faibles. »

De très jeunes adolescentes. Des filles frêles. Comme moi à l'époque.

« Faibles » physiquement, j'ai pensé. Ça m'a soulagée.

Le procès est public. Malgré les mineurs. Je demande le huis clos. Les autres filles refusent. « C'est un cadeau à l'accusé », disent-elle à travers la voix de mon avocate. J'apprends qu'il l'a demandé lui aussi. J'enrage.

Parce qu'il est déshonoré.

Je renonce au huis clos. Pas question de m'aligner sur ses envies.

On me dit : « Arrêtez de vouloir protéger votre père, votre nom. » C'est vrai que depuis le début de cette affaire, je ne supporte pas d'être nommée. C'est comme un vol.

Les audiences des parties civiles débutent ce matin dès neuf heures. Les détails de sa stratégie de défense ne sont pas portés à ma connaissance. Tant mieux. Je suis suffisamment inquiète en prévision du onze avril, jour où il sera interrogé à mon sujet.

Certaines disent qu'elles laissent la lumière allumée pour dormir.

L'accusé récuse le témoignage d'une jeune fille, la plus jeune d'entre nous. Il a tenté de l'enlever, elle s'est enfuie.

Pour moi : elle était la plus jeune, la plus agile et la plus rusée puisqu'elle a évité ce à quoi les onze autres n'ont pu échapper.
Ou la plus chanceuse.

Je l'avais rencontrée le jour du tapissage. C'est elle qui avait reconnu le portrait-robot. Elle avait son franc-parler.

Elle avait sa colère avec elle. « J'vais lui exploser sa race. » Je n'aurais pas mieux dit. Ça m'a fait du bien de l'entendre. Parfois on est trop poli avec le langage. Il n'y a pas de raison de se priver de le brutaliser de temps en temps. C'est un moindre mal.

D'autres aussi ont tenté la fuite. Il aurait mieux valu ne pas. M'a dit mon avocate.

Il m'arrive de faire des cauchemars terribles au cours du procès. Par exemple : je m'endors en laissant la clef de l'appartement sur la serrure extérieure. N'importe qui peut entrer dans mon sommeil.

Nous devons préparer l'audience du onze. J'ai l'impression de ne pas dire la vérité, ou plutôt de ne plus la connaître.

L'enquête n'est « ni faite ni à faire », me répète mon avocate.

Les traces ADN ont été prélevées sur seulement deux de mes vêtements.

Elle me demande d'écrire. À défaut de parler. Une lettre pour la présidente et les jurés qui ajouterait un supplément d'âme à ce témoignage glacé et hors d'âge qu'ils auraient entre les mains, le procès-verbal. Tous les détails y sont déjà. Je ne veux pas me répéter. D'ailleurs, pour rien au monde, répéter.

Mon absence m'inquiète. Tout m'échappe.

J'écris la lettre. Mon amie pénaliste la lit et me fait recommencer : « Ce n'est pas ton procès. » J'ai déjà entendu cette phrase.

Je fais l'inventaire de toutes mes failles, pour me préparer au pire.

L'experte psychiatre a précisé dans le dossier que je ne m'étais pas rendue aux multiples convocations.

Elle a dit aussi que l'une des filles allait très bien alors qu'à la barre ses jambes ne pouvaient plus la soutenir.

Il paraît que les témoignages des filles sont extrêmement touchants. Je pense que je ne suis pas à la hauteur. Froide et distante.

Une autre lettre. Trouver les mots d'avant les mots, le vent tremblé au ras du sol, la décoloration du ciel blanchi, un ciel de craie, cette émotion-là, donnée, comme elle le serait à un enfant qui n'est pas encore doué de parole. Que dirait-il ? Il faudrait bien trouver. Inventer peut-être. Non pas un récit mais une vérité. Bâtie sur les mots brûlants, trop longtemps abandonnés à la honte, l'oubli et rejaillis comme neufs dans un prétoire.

Cette jeune femme qui formulerait les choses avec grâce et dénuement devant une assemblée de jurés traversés d'empathie, cette jeune femme décrite par mon avocate après la première audience, d'évidence, ce ne pourrait être moi. Présente. Tendue, en avant de tous. Son éloquence, juste et simple. Il faut pouvoir le faire. Se tenir là devant eux. Être devant eux, un corps. Ce corps d'autrefois dépouillé de sa tendresse, de sa bonté. Il sera regardé. Ils le verront sous les habits. Ils ne verront que lui.

Je me suis posé cette question. Comment seront-elles vêtues ? Vont-elles se maquiller ? Il ne s'agirait pas de plaire, non. De rester digne. Pour ne surtout pas exprimer à un endroit, la beauté. Elle n'est de toute façon pas là où on le croit.

Enfant, on me répétait que j'étais jolie. Je comprenais « sois jolie, il faut être jolie, tu dois être jolie. Tu dois faire plaisir à ceux qui t'entourent, à ceux qui te regardent. Seul ce regard compte ». Un compliment qui devient une injonction. Il y a d'autres choses aussi. La sagesse. Pas au sens de la maturité, non. Être sage n'a rien d'être « un » sage. Être sage donc. Discrète. Les autres d'abord et moi après. Jolie dans son coin. Pas besoin de l'entendre. Agréable à regarder. Décidément parfaite cette enfant. Elle ne dérange personne. Douce et polie. Elle ne se fait pas remarquer. Rien qui viendrait perturber l'ordre des choses. Ce n'est pas comme sa sœur. Elle fait tout voler en éclats. L'autorité, les robes et les souliers vernis. On dit d'elle : un garçon manqué. Pour un garçon, je n'ai jamais entendu l'expression « fille manquée ». Il faut bien que l'une de nous deux investisse le rôle de l'enfant modèle. Ce sera moi. Les rubans et les petits nœuds pour moi. Pour elle le skateboard et pour moi les tutus roses. Dans toutes les familles il existe une répartition des rôles. Celui-ci m'a été attribué. On me félicite de bien m'y conformer. D'être une élève appliquée qui récite comme il faut les poèmes de Maurice Carême, une fourmi de dix-huit mètres avec un chapeau sur la tête, ça n'existe pas, ça n'existe pas.

J'écris cette lettre avec difficulté, j'écris mon absence regrettée, la promenade qui tourne mal. J'insiste sur ce moment de bascule. La déflagration. J'écris aussi la peur que je ne peux pas combattre. Je recopie la lettre plusieurs fois à la main. J'ai perdu cette habitude d'écrire à la main. Je ne parviens pas à me relire.

Je ne raconte pas le couteau avec lequel il m'a menacée et que je n'ai jamais vu. Il a dit : « Si tu cries je te tue. » J'ai pensé qu'il pouvait me tuer. C'est donc ça. Ça finira donc comme ça. Cette scène me poursuit. Cet instant précis où le pire est à venir. Cet instant de la peur ultime, quand le sang a quitté mon visage. J'ai pensé que j'aurais mal. Que la mort ça doit faire très mal. Surtout quand elle vient du bout d'une lame. Où allait-il la planter cette lame ? Épouvante. Je n'ai pas utilisé ce mot-là, ça faisait film de série B.

Cette lettre doit être un « témoignage ». Remplacer celui que j'aurais pu donner à la barre. Je m'interroge longuement. Sur ce mot de témoignage. Témoin. Celui qui regarde. Le silencieux qui observe. Informateur désintéressé. Celui, impuissant, qui assiste au spectacle.

Message de mon avocate : « L'audience est éprouvante aujourd'hui, je vous appellerai probablement tard. »

Aujourd'hui c'est mon tour. L'avocat de la défense est très offensif. Il malmène les parties civiles. On me dit qu'il est de mauvaise foi. C'est ainsi que cela se passe dans les tribunaux. C'est à cela qu'il faut se préparer. Soulagement : c'est son assistant qui assure la défense. Un homme fin et délicat.

Je retiens de nombreux détails pour me figurer ce théâtre auquel je participe de loin. L'avocate générale est enceinte. Il y a une femme médecin parmi les jurés.

Le peine maximale sera-t-elle requise ?

Je ne sais pas réellement à qui je m'adresse dans cette lettre. À eux, à moi.

Elle sera lue devant la photo au pull rouge.

J'ai peur que mes mots manquent d'élan. Je me dis que l'image complétera. Elle est à mon avantage. Elle me présente avenante, souriante, accessible.

« Si je m'étais tenue devant vous, peut-être aurais-je trouvé la force...

La parole aurait-elle été moins corrosive que le silence ?...

La torture, la mort ? Je ne pouvais prédire comment les choses devaient tourner – mal de toute évidence...

Dire aussi qu'il continue d'exercer sa contrainte dans mes pensées et de s'immiscer dans des territoires plus secrets encore. Pour court-circuiter le bonheur, la joie, la légèreté, l'insouciance, bref, la vie...

De cela je ne peux me défendre puisque l'irréparable a été commis et que depuis quatorze ans j'ai tout le temps peur, de cette même peur qui m'a prise en tenaille le onze février 2005 et qui m'escorte depuis partout. »

J'ai écrit quelque part « froid et prémédité ». À l'époque j'avais pourtant affirmé : « Je ne savais pas ce qu'il voulait faire de moi. » J'ai bien fait de ne pas relire le PV. J'ai bien fait d'oublier. L'assistant souligne la contradiction.

L'accusé reconnaît les faits sans opposition. « Tout s'est passé exactement comme elle a dit. »

L'accusé dit : « Pardon pardon, c'est tellement beau ce qu'elle a écrit. » Cette information me déconcerte. C'est de l'ordre de l'insupportable.

Les psys et experts en tout genre continuent de se succéder. Les premiers détaillent le mode opératoire. Les seconds parlent des victimes.

L'accusé ne reconnaît pas la tentative d'enlèvement.

L'expert psychiatre précise que ceux qui souffrent de ces pathologies sexuelles ne peuvent pas s'arrêter à moins d'un travail suivi. Qu'entre l'arrêt et la repentance, il y a ce travail.

Personne n'est dupe de sa soi-disant repentance. La cour penche pour un changement de mode opératoire au cours des dernières années. Des enlèvements dans sa voiture.

Alors même que les parties civiles doivent exposer les détails les plus crus de leur agression, une avocate demande à l'accusé de préciser la nature de ses rapports sexuels avec sa femme. La défense se cabre : « C'est de l'ordre de l'intime ! » Tout le monde rit sous cape.

Un expert psychiatre explique ce que peuvent ressentir les victimes de viol. Je ne connais pas la teneur de ses propos. D'après mon avocate, ils sont « très instructifs ».

L'accusé parle de sa vie et de ses traumatismes. Ça ne m'intéresse pas, j'ai répété.

Mercredi matin. On me demande de produire un nouveau courrier. Puisque j'ai refusé de me soumettre à l'expertise, je dois moi-même détailler le « préjudice moral » de tout cela sur ma vie. J'avais toujours évité cette question à cause des vérités relatives. Mon existence passée au carbone 14.

J'écris comme on écrirait pour le registre officiel des actes administratifs. Je dresse des listes. Prenons par exemple la peur :

— D'une porte mal refermée
— D'un pas sourd derrière moi
— De la nuit
— Des chemins de campagne
— Des centres-villes
— De l'isolement
— Des autres
— De rentrer seule
— Du bruit et du silence
— Des trains aux banquettes en skaï

— Des inconnus (personnes, lieux)
— Des maisons
— Des pays
— Des taxis
— De ceux qui n'ont pas d'humour
— Des gouttes d'eau qui ne font pas déborder le vase
— Qu'on dise après ma mort : « Elle a eu une vie très honorable. »
— D'égarer des objets qui pourraient m'être utiles
— D'oublier : de déclarer mes impôts et d'arroser mes plantes
— Des extrêmes et surtout du juste milieu
— De développer une addiction pour les séries télévisées sur la monarchie britannique.

Je n'ai pas fait le tri, ils se débrouilleront, j'ai pensé.

J'envoie le texte et j'allume la télévision pour me divertir. Nous sommes le quinze avril et la flèche de Notre-Dame de Paris se casse en deux sous mes yeux comme un bâton d'allumette. L'incendie de la cathédrale fait les gros titres. « Notre-Dame de Paris en flammes » « Qui a mis le feu à Notre Dame ? » « Une cathédrale de catastrophes » « Après le désastre, la reconstruction ».

Je m'enfonce dans l'attente. Je décide de ne pas m'y abandonner totalement, de marcher, de prendre l'air. L'enjeu pour moi est faible. Puisqu'il a reconnu les faits. Puisque la cour le reconnaîtra coupable à son tour. C'est une chance, car parfois, faute de preuves, la justice ne peut pas tout. Pourtant cette attente. Cet espoir longtemps ignoré. De n'avoir plus à raconter cette histoire, de ne plus surprendre de regards penchés sur les déclarations d'une gamine de dix-neuf ans qui à l'époque portait mon nom, une gamine qui a traversé ma vie et ces quelques rues du grand ouest de Paris qui me sont aujourd'hui tout aussi étrangères. Je songe souvent à ces lieux. Ils me hantent comme une promesse mal tenue. Récemment j'ai dû me rendre pour mon travail au métro Jasmin, on se retrouve rarement dans ces rues par hasard, c'était comme marcher dans les zones grises de ma mémoire. J'ai eu la tentation de remonter la rue de l'Yvette comme autrefois, de gagner le foyer où je me tenais captive. Sans nostalgie. Au contraire, c'était comme une injonction de réalisme, pour vérifier que c'était bien vrai, que c'était bien moi. Je suis sortie de mon rendez-vous, distraite par cette idée. Il m'a suffi de quelques mètres parcourus avenue Mozart pour changer d'avis. Comme une paresse morale. Une envie qui s'éteint. Et pourtant, la douceur de l'air et les parfums de jacinthe auraient rendu cette promenade agréable.

À l'heure qu'il est, mon avocate prépare sa plaidoirie. Je me demande quels seront ses mots, si elle prendra un ton éloquent ou au contraire plus confidentiel, si mon absence la libère plus qu'elle ne la contraint, si elle parle de ma souffrance en exagérant ses effets, emportée par l'emphase des assises, si dans son récit je me rapproche encore davantage de la fiction. Je ne parviens pas à soustraire de mes représentations de cette journée la photo du pull rouge. Où est-il d'ailleurs, ce pull ? Et ce bijou que je porte autour du cou, reçu pour mon dix-huitième anniversaire ? Un cadeau de ma sœur aînée. Un pendentif en argent.

« J'ai l'impression de la connaître », diront d'autres parties civiles à l'issue de la plaidoirie.

Grâce à mon avocate, grâce à la photo. Quelle réalité avait cette fille de dix-neuf ans dans la salle d'audience ?

J'attends, donc. Le verdict. Mon enfant, surtout.

Dix-neuf ans justement. C'est cela qu'il devra rendre. Les miens. Heure par heure. Mon extrême jeunesse. En prison. La peine requise a été validée par la présidente et les jurés. Et beaucoup d'argent à rembourser. On m'explique tout. Je comprends que le jour où il sortira, s'il s'achète une voiture, elle sera saisie. Tous ses biens seront saisis.

On me dit : « Vous connaissez les chiffres noirs du viol ? Pour onze plaintes, il faut compter cinquante viols. »

Léonard Scarpa, trente-huit ans né à Reims, n'a plus de nom. C'est un numéro d'écrou.

Le jardin est un peu penché. Il descend vers les prés. À midi, l'ombre du grand cerisier traverse la pelouse et le parterre de géraniums pour venir s'adosser au mur. C'est à l'endroit du verger que l'inclinaison est la plus forte. Les troncs des arbres aux branches décrépies sont recouverts de chaux. Ils ne donnent plus rien sauf le cerisier, par intermittence. Il y a les années blanches et les années fastes. Enfants, nous ramassions par paniers entiers les petites baies rouges, pleines et acides qui jonchaient le sol et finissaient en clafouti. Allongé sur la pelouse, toute l'étendue du ciel s'imprime sur la rétine, où qu'on pose le regard, le bleu est partout. Franchir un nouveau degré vers soi. Retrouver l'odeur des champs après les fenaisons, de l'autre côté des barbelés du jardin, déformés par le passage des enfants. J'avais été cet enfant. Je viens vérifier s'il est toujours là et si la peur m'a suivie. Je pense retrouver ici le réconfort et l'hospitalité rieuse des journées d'été. Une éclaircie. Une lumière venue se poser sur un arbre, une ardoise, une pierre roulée près de l'atelier, le dos de la main, cela me suffirait. Je saurai la recueillir, et l'imaginer si elle m'échappe.

Je viens avec mes enfants, avec mon fils pour la première fois. Si longtemps que je n'avais pas franchi la porte de cette maison. J'espérais qu'ils connaîtraient dans ce lieu les mêmes joies que celles que j'avais connues petite fille.

Je ne sais plus à quoi ressemblaient mes rêves d'enfant, ni par quoi ils ont été remplacés.

Je dépose mes bagages devant l'entrée et, avant de pénétrer à l'intérieur, je fais le tour du jardin. M'assurer que tout est à sa place. Les thuyas bien alignés, la balançoire debout bien que chancelante, le pré et ses abonnés absents, chevaux, vaches, moutons, chèvres, qui s'égare à présent en herbes folles. Au loin, la clarté qui s'éteint dans les vallons perdus tandis que je m'enfonce dans ce paysage d'autrefois. Cette nature souriante me présente le visage de la réconciliation. Je souris en retour. Ici, le danger ne vient pas des hommes. Mais des vipères dont on m'avait appris à me méfier. Elles prospèrent sous les pierres au soleil, dans les champs de blé blond, nous devons marcher en tapant du pied pour les faire fuir. Pour éviter le sort d'un bébé de ma famille, un bébé des années mille neuf cent vingt, victime d'une blessure mortelle pendant les moissons, on avait retrouvé l'animal dans le couffin. On n'a pas le droit d'en parler, j'ignore comment j'ai su. Peut-être à cause de l'Aspivenin dans tous les tiroirs de la maison.

Cette région n'attire pas beaucoup de monde. Les outrages du temps y sont, paraît-il, plus sévères qu'ailleurs. J'avais réussi à revenir. C'était un bon début.

Quelques jours après la naissance de mon fils, j'avais appris depuis la maternité que Léonard Scarpa « interjetait appel ». Je n'étais pas familière du langage juridique. Spontanément j'ai saisi « rejetait l'appel » quand c'était tout le contraire. Tant pis, il fallait vivre quand même et ne pas replonger dans la fébrilité de l'attente de ce nouveau procès, de ce nouveau verdict. Mon fils aurait bientôt un an. Et avant cette date fatidique, il aurait respiré cette campagne. Cet air libre. Une forme de baptême. C'était cela qui comptait à présent.

Je ne pouvais plus échapper à mon histoire, sa vérité que j'avais trop longtemps différée. J'avais attendu non pas le bon moment, mais que ce ne soit plus le moment. Peine perdue. La mienne était toujours là, silencieuse, sans aucune douleur, elle exigeait d'être dite. J'ai espéré un déclenchement involontaire qui viendrait de cette peur surmontée d'elle-même. La peur n'est pas partie mais les mots sont revenus.

Comme souvent, quand l'été arrivait, à perte de vue avec l'horizon, tendu comme un fil.

Cela n'a duré qu'un court instant. Je devais être installée légèrement de biais par rapport à l'alignement de la façade pour que ce soir-là, ce paysage familier m'apparaisse pour la première fois : l'horizon, déroulé sur une surface dans le même temps plane et circulaire. Sa plénitude est entrée en moi sous une forme de tendresse.

L'image a jailli et s'est imposée sur toutes les autres. Je n'ai retenu qu'elle, à ce point précise.

La beauté nous rend parfois inconsolable quand on échoue à la connaître. J'ai souvent pensé que je ne pourrais jamais l'atteindre ; ce dégagement. Ce temps infini de l'enfance. Je pensais en être éloignée au point de le considérer comme une chose dangereuse.

Le bonheur s'est donné sous l'aspect de lignes, de matière et de vide, il m'a possédée et je n'ai éprouvé aucune nostalgie à ce qu'il disparaisse après qu'il eut laissé son empreinte flottante et bleutée.

Je n'avais pourtant rien accompli de spécial, mais tout cela n'a pas grand-chose à voir avec le mérite, c'est pas parce qu'on est triste à crever qu'on mériterait d'être plus heureux qu'un autre. Il n'y a pas de morale dans tout ça, il n'y en a jamais eu. La vie, elle surgit, c'est tout, comme cette image, comme l'horreur, faut pas chercher à comprendre. On n'y peut rien. J'ai continué à fixer l'horizon jusqu'à ce que ma perception expire avec le souffle tiède de la nuit d'août, continué à fixer les eaux très claires, ces eaux qu'on ne trouve qu'en Méditerranée ou dans les lagons du Pacifique, fixer leur couronne de granite et deviner sur les crêtes le saphir d'un regard.

Rien ne vaut la mer, elle donne du courage à qui veut bien l'observer longtemps. C'est une grande dame coquette.

Elle ne donne rien sur une simple œillade. On n'en tire aucun bénéfice.

Je me suis beaucoup trompée sur le courage. Je l'ai souvent confondu avec la force ; une confusion ordinaire. On dit : avoir la force d'avancer. On dit aussi : avoir le courage d'avancer. Ce n'est pas pareil. J'ai compris ça. La force se consume. Le courage se conjugue sur le temps long. J'avais fait fausse route. Cette trajectoire inattendue que j'avais empruntée était le résultat de cette méprise. Personne ne m'en voudrait de prendre la mer pour le ciel sous un soleil fou qui dissipe le relief et ne renvoie que l'écran plat de la lumière. J'ai été aveuglée par cette lumière. Maintenant, je la devine encore depuis les stations périphériques du souvenir.

J'ai serré ma fille contre moi et je l'ai déposée dans le sommeil. On m'a dit que je n'étais plus la même depuis qu'il y avait cette enfant, c'est ce qu'on dit paraît-il à beaucoup de femmes devenues mères. Parfois on ne les reconnaît plus. Certains pensent que c'est grâce à l'enfant. Une grâce, tout court. Celle d'une naissance, ou d'une renaissance, pourquoi pas. Je ne sais pas, je n'ai pas d'avis, je connais toutes sortes d'histoires.

Pourtant, ceux qui m'ont connue autrefois et qui ont disparu de mon entourage, de mes cercles y compris des plus lointains, ceux-là mêmes, en croisant mon chemin aujourd'hui, m'auraient dit : « Tu n'as pas changé. » J'en ai fait l'expérience récemment, près du canal Saint-Martin, un matin lorsque j'ai rencontré une ancienne camarade du lycée. Elle m'a dit cette phrase, mot pour mot.

Je me suis sentie démasquée, et avec moi, l'adolescente de dix-neuf ans, fauchée par un mauvais souvenir. Du moins ce qu'il en restait.

Mais c'est ici, dans cet air sec et musqué, que je la réalise seulement, marchant vers moi dans sa trajectoire rectiligne, face à la nouveauté d'un paysage que la mémoire n'a pas encore fait vieillir.

C'est ici qu'il fallait que je sois seule avec ce souvenir. Ici que je devais creuser cette solitude. Ou me laisser creuser par elle. C'est un mouvement vertical, la solitude. Faire place nette alentour, ce n'est pas la solitude. C'est le vide, peut-être. Ou l'ennui. Il fallait descendre, au risque de tomber. Tomber sur celle que j'avais refoulée de ma vie et mes pensées des années plus tôt et qui me rendait parfois visite en rêve dans un soupir, pour laisser, une fois défunt, une impression équivoque.

Là, elle avançait, réfractée dans la lumière. À quoi ressemble la silhouette de celle qui a connu l'exil ? Je ne savais pas, je la distinguais mal, elle était encore floue quand elle est revenue se présenter à moi pour la première fois.

La sentence que j'avais prononcée n'avait pas dû être assez sévère. À moins qu'elle n'ait changé de nature au cours des années. Qu'elle se soit adoucie.

Peut-être l'avais-je en réalité convoquée sans le vouloir,

cette pensionnaire fossilisée dans le Paris des années deux mille.

Il y avait peut-être une raison. Reconnaître l'outrage.

Je lui avais lancé un appel. Elle avait entendu l'écho de cette plainte pour se montrer là, sur cette terrasse de quiétude, sans expression, en attendant que je lui en donne une. Elle avait quitté la longue file des pénitentes, un pas de côté et la voici le visage offert, comme un canevas.

C'est là que j'ai dû me remettre à écrire.

J'ai pensé : le désespoir n'a jamais empêché personne d'être heureux. Ceux qui en ont ne serait-ce que le souvenir savent.

Composition : PCA/CMB Graphic
Achevé d'imprimer
par CPI Firmin-Didot
à Mesnil-sur-l'Estrée, en mai 2021
Dépôt légal : mai 2021
Numéro d'imprimeur : 164431

ISBN : 978-2-7152-5737-5/Imprimé en France

396209